暗殺請負人
刺客往来

森村誠一

幻冬舎文庫

暗殺請負人

刺客往来

目次

腹中の土産……7
壮大な艶穽《えんぎ》……41
粘土の抵抗……64
仏《ぶっ》刑《けい》……104
闇法師の再生……145
宿命の守護神……165
闇の雇い主……197
大奥風情……222

漁夫の利 …… 243
門前晒し …… 260
面目の戦機 …… 291
危険な縁談 …… 317
深海の未来 …… 332

腹中の土産

熊谷鹿之介《くまがやしかのすけ》が山羽《やまは》家の後嗣として藩邸に帰ってから、落葉《おちば》長屋は火が消えたようになった。掃き溜めの鶴の一羽・るいも鹿之介につき添って行ってしまったので、残されたおれんや、夢夜叉《ゆめやしゃ》、またおみねも元気がない。まことに鹿之介とるいは長屋の求心力であった。

それぞれの仕事にも気が乗らず、大家の庄内《しょうない》の家に集まっても湿っぽくなってしまう。

「お通夜じゃねえぞ。元気を出せ」

と庄内に発破《はっぱ》をかけられても、これまでのように盛り上がらない。

長屋の路地狭しと駆け回っていた子供たちもしおたれている。定時にまわって来る各種行商人たちの売り声にも活気がない。長屋名物の夫婦喧嘩もなくなってしまった。喧嘩をするだけの気合が出ないのである。

しばらく仕事を休んでいたおれんが、久しぶりに艶っぽく装って、

「お大名に呼ばれたから、お土産をたっぷりもらって帰って来るよ」

と言った。

「どこのお大名だい」

瓦版屋の文蔵が問うと、

「将軍様のご実子・立石のお殿様からの直々のお呼び出しよ」

とおれんが答えた。

「立石様といえば、評判の悪いばか婿のことじゃねえのかい」

文蔵が問い返すと、

「めったなことを言うもんじゃないよ。評判は悪いけれど、ちょっと我慢すれば、金離れはいいわよ。お土産をたんまりもらって来るからさ、みんなを呼び集めて酒盛りの支度をして待っていなよ」

とおれんは言い残して出て行った。それがおれんの生きている姿を見た最後であった。

おれんはその夜、帰らなかった。翌日の夜も帰って来ない。これまで外泊したこと

はあったが、裕福な粋人の湯治などに供をしたときを除いて、連泊したことはない。

「きっと呼ばれた先の都合で遅くなっているんだよ」

と庄内は心配顔の長屋衆をなだめた。呼ばれた先が評判の悪い相手だけに、不安が募る。

長屋衆一同、まんじりともせずに待っていると、翌日の朝明け方近く、下人が長持《ながもち》を載せた大八車を引いて来た。下人は立石藩邸から、この長持を落葉長屋に届けよと命じられたという。

不安を抑えて長持の蓋を開いた長屋衆は、愕然として顔色を失った。一昨日、お土産をたんまりもらって来るから、酒盛りの支度をして待っていなと元気に言い置いて出て行ったおれんが、変わり果てた骸《むくろ》になっている。

しばし茫然として立ち尽くしていた長屋衆は、ようやく我に返ると、ともかく長持を長屋の中に運び込んだ。

「おれんさん、こんなに重かったかな」

「なんだか石みてえに重《おめ》えな」

「棺桶に石ころでも入っているんじゃねえのかい」

「ばか。棺桶に石なんぞ入れるやつがあるか。それに棺桶じゃねえ。長持だ」

そんなことを言い合いながら、腕っぷしの強い組太郎や、政次郎や、八兵衛、弥吉などに元妖狐《おとか》の一味猫目と蜉蝣《かげろう》も手伝って、わいわい言いながら、ようやくおれんの長屋に長持を担ぎ込んだ。

あまりの重さに口走ってしまったが、本当に石でも詰めてあるのではないかと不安になって蓋を開いて中を確かめたが、石は見当たらない。

そのとき文蔵が、

「長持を置くとき、ちゃりんと小判が鳴るような音がしたぞ」

と言い出した。文蔵の耳聡《みみざと》さには定評がある。文蔵に言われて、おれんがたんまりとお土産をもらって来ると言い残した言葉をおもいだした。

「小判なんかどこにもねえぞ」

組太郎が言った。

「ちょっと待て。腹が少し脹《ふく》れておる」

医者の安針《あんじん》が言った。

着飾って出かけたおれんの晴れ着の下腹部分が、安針に言われてみれば、少し脹れているように見えた。

「夢夜叉とおさとさん、ちょっと見てくれないかね」

安針は〝身体検査〟をおさとと夢夜叉に譲って、

「さあさ、みんなちょっと目をそらしな。おれんさんは死んでも女だ。男の目に着物の下をさらされたくねえだろうよ」

と安針が長持の周囲から男たちを追い払った。

安針から請われて、おれんの身体を検《あらた》めたおさとと夢夜叉が、突然悲鳴をあげた。

「どうした」

安針が問うと、

「お、お金、おれんさんのお腹《なか》から小判がざくざく……」

夢夜叉が震える声で言った。棒立ちになったおさとの顔から血の気が失《う》せている。

腹から小判とはただごとではない。安針が長持の中を確かめると、おれんの下腹部が割れて、大量の小判が溢れ出ている。安針は長屋の女たちを呼び集め、おれんの体から小判を取り出させた。血にまみれた小判は、数えると二百枚あった。

小判の重さは時代によって異なるが、最も品位（金、銀含有率）のよい慶長小判が一枚四・七六匁（約十七・八五グラム）、正徳小判、享保小判も同じ。元文、文政小判に至ると三匁。時代が下るにつれて軽くなっていくが、徳川中期は小判一両約四・七六匁（十七・八五グラム）、二百両だと約三・五七キロ。死体の〝体感重量〟を加えて重く感じられたのであろう。

おれんは腹を裂かれ、臓物をくり出され、その後の空洞に二百両の小判を詰め込まれていた。おそらく呼ばれた先の立石藩邸で、おれんは殺害され、腹を裂かれて小判を詰め込まれたようである。腹を断ち割った傷以外に、左肩から乳の辺りまで一刀の下に斬り下げられていた。

安針は庄内と相談して、奉行所に報《しら》せる前に、まず破水《はすい》に伝えることにした。

急報を受けた破水が、みねを連れて押っ取り刀で飛んで来た。

「酷《ひど》いことをしやがる。おれんは売り物、買い物ではあっても、誇りを持っていた。客に無体なことを要求されて断ったので、斬られたのだろう。それにしても腹を裂き、臓物を抉《えぐ》り取り、二百両詰め込むとは鬼畜の所業じゃ。相手はばか婿ではあっても将軍の実子、奉行所に訴え出れば揉み消される。まず鹿之介君のお耳に入れよう。おれんさんも家臣の一人だ」

破水は言って、自ら使者に立った。

山羽三十二万石の家督相続人となった熊谷改め、山羽鹿之介は、次第に毎日が退屈になってきた。逆意方《ぎゃくいがた》を制し、鹿之介の下に統一された山羽藩は、新藩政の立て直しに挙藩一致体制をとり、新生の意気盛んである。

おさきの方、および鮫島兵庫《さめじまひょうご》は完全に失脚し、江戸藩邸は安良岡将監《やすらおかしょうげん》が国元から派遣した御為方《おためがた》の家中の者が抑えている。混乱していた藩政はまだ完全とはいえぬまでも、軌道に乗りつつある。

だが、油断はできない。まだ家中にはおさきの方の残党が潜伏しており、巻き返しの機会を狙っている。おさきの方を後押しして、山羽藩の取り込みを狙っていた大老・榊意忠《さかきおきただ》も野望を捨てたわけではなく、虎視眈々としている。

当主・正言《まさこと》は鹿之介を後継者として江戸藩邸に迎えてから元気を取り戻し、自ら藩政を見るようになっている。政《まつりごと》を自ら見ることによって意欲が出てきたようである。

座敷牢に押し込められ、藩政を壟断《ろうだん》されて無気力になっていた正言は、いまやふたたび実権を手にしてよみがえったようである。まことに権力は死にかけた人間に生気を吹き込む。

こうなると、後嗣者はあくまで後継者であり、藩政の当主ではない。その補佐に当たる家老や用人でもない。要するに、定まった仕事のない無任所大臣のようなものである。家中の者は鹿之介を後嗣者として敬い、奉ってはいるが、象徴に対する敬意である。

仮に、鹿之介が藩政を引き継いでも、正言が院政を布《し》けば、象徴であることに変わりはない。象徴はそこにいるだけでよく、なすべき仕事はない。朝起きてから寝るまで、いや、寝ている間も、暮らしに必要なことはすべて家中の者がしてくれる。

だまって立っているだけで、腰元が着替えさせてくれ、食事の膳に坐るだけで料理や汁が運ばれて来る。台所から長い廊下を伝って来るので、たいてい飯も汁も冷めている。長屋のように、熱いものは熱く、冷たいものは冷たく食べられることはない。それに対してへたに苦情を唱えれば、台所奉行が切腹しかねない。

庭に散歩に出るのにも小姓が従《つ》いて来る。市中にぶらりと散歩に出て、行き当たりばったりの茶店に腰を下ろし、団子を食ったり、茶を飲んだりするような芸当は途方もないことである。

一日なすことなく、ようやく夜になっても、長屋の者が集まって縁台将棋や、無駄話に耽《ふけ》るようなことは論外である。雪見や花見や四季折々の行事も、藩邸の一隅を囲い、庶民を締め出しての侘しいものである。うっかり奥女中に手が触れようものなら、その夜の伽《とぎ》に指名されたと勘ちがいされてしまう。まことに窮屈であり、退屈な日々であった。

気持ちはるいも同じであるらしい。彼女も町の暮らしを恋しがっている。楚々《そそ》たる奥女中姿に身をやつしてはいるが、中身は凄腕の女忍《くノ一》である。大名藩邸の奥座敷での人形のような暮らしが面白かろうはずがない。

鹿之介は正言の代わりに自分が座敷牢に軟禁されてしまったような気がしていた。同じ藩邸に暮らしていながら、るいとも顔を合わせる機会が少なくなっている。るいは鹿之介の護衛役であるが、危険の去った藩邸で四六時中、鹿之介に張りついている必要はなくなった。るいは鹿之介の近侍を望んだが、表向きは妹である彼女は、後嗣の家族として、やはり一種の象徴家族である。

象徴は組織の要《かなめ》として組み込まれ、身勝手な動きはできない。たまに邸内で顔を合わせることがあっても、長屋時代のように気軽に言葉を交わせない。彼らの身辺には常にだれかの目が光っている。監視の目ではなく、象徴に仕え、敬う目である。

それは人間を見る目ではなく、神棚や、あるいは仏壇に向けるような目であった。

そして、後嗣たる者、それを拒否することはできない。孤雲《こうん》はそれを鹿之介の宿命と言ったが、宿命がかくも辛いものであるとはおもわなかった。鹿之介は孤雲や将監に騙されたような気がした。

いまさら投げ出すわけにはいかない。生まれながらにして背負った三十二万石には数千、関わり合っている人間を加えれば数万の人間の生活と運命がかかっている。重い荷である。果たして自分にはその重荷に耐える力があるのであろうか。

幼いころから熊谷家に隔離され、その後、市井に避難して、権力からは程遠い自由な暮らしをしてきた鹿之介には、いまの暮らしが人間の暮らしとはおもえない。象徴の暮らしであり、神仏の生活である。

だが、象徴や神仏には暮らしや生活などはないのである。そんなものにどうして争ってまでなりたがるのであろうか。鹿之介には不思議であった。

そんな折、破水が会いに来た。破水は鹿之介の客臣ということになっている。家中としては胡散《うさん》臭い、見るからに破戒坊主の破水を、できれば鹿之介から遠ざけたいところであるが、客臣を勝手に追い返すわけにはいかない。しぶしぶ取り次いだというところである。

「若君、一別以来でございますな。もはや、だれが見ても三十二万石のご後嗣。押しも押されもせぬ貫禄でござる」

と破水はしかつめらしい顔をして、もっともらしい挨拶をした。

「和尚、心にもないことを言うな。押しも押されもせぬどころか、大いに揺れておる。山羽家の世継ぎとして邸内で肩身狭く生きておるわ」

鹿之介は久しぶりの〝昔の仲間〟に、つい愚痴っぽい口調になった。

「はは、それを聞いて安心いたした。鹿之介《しかのすけ》さんがこんな辛気臭い屋敷の奥に腰を据えていては、鹿之介《しかのすけ》さんではなくなってしまうと案じておったんだ」

破水は以前の言葉遣いに戻って胡座《あぐら》をかいた。近侍がはらはらしている。

「ここはもうよい。下がっておれ」

鹿之介は近侍に命じた。破水がなにか土産を持って来たと察したからである。その土産は山羽藩にとっては好ましくないものにちがいない。

「本日は若君のお耳にぜひ入れたいことがござってな」

破水は二人きりになると、言葉遣いを改めた。破水の口調が話の内容の尋常ならざることを予告している。

「なんだな。急に改まって」

「この話、若君の出番かとおもいましてな」

破水はにやりと笑うと、少し膝を進めて、

「立石藩十五万石、我が藩の隣藩、立石家良《いえよし》、ご存じですかな」

と鹿之介の顔をうかがった。

「立石藩、立石家良……あのばか婿のことか」

「さすが悪名高い立石家良……若君の耳にも聞こえておりますな」

破水が姿勢を改めた。

「立石家良がどうかしたのか」

「さすがの徳川宗家も、立石家良のはちゃめちゃぶりには手を焼いておるようで」

「将軍が垂れ流した胤《たね》だ。仕方あるまい」

「それが、仕方あるまいと放置しておくわけにはいかなくなったようで。近ごろはかたわらで咳をした家臣を手討ちにいたし、意に従わぬ腰元の腹を切り裂くわ、狩りと称して、領内の見目形よき女性をさらって、城内の女小屋なる小屋に飼育するなど、やりたい放題の悪行、乱行を重ねておるそうじゃ。あまりの悪行ぶりに家悪《いえあく》と呼ぶ領民の怨嗟の声が将軍の耳にも入り、我が子なれども放置できず、刺客をさし向けたそうにござる」

先代・立石大学《だいがく》に弟・主殿《とのも》がいたにもかかわらず、家督相続人として無理やり押しつけた家良の乱行ぶりに、世間の非難が集まった。家良をこのまま放置しておけば、今後の幕府の大名統治政策にも支障を来す。そこで我が子に刺客を送ったというが、よくよくのことであったにちがいない。

「自ら蒔いた種は自ら刈らねばなるまい。しかし、刺客などを送らず、不行跡を咎《とが》めて切腹、もしくは隠居を申しつければすむことではないか」

「それが、そうも簡単にはまいりませぬ。将軍自ら、自分の落とし胤を諸大名に押しつけておきながら、不行跡ゆえに処罰すれば、今後の養子縁組に響きます。手をつけた側室に産ませまくった落とし胤がまだ二十人は控えております。この者どもの行く立てまだ定まらぬうちに、押しつけた養子を自ら刈り取れぬ苦しい立場に将軍は追い込まれたというわけで」

「なるほど。そこで刺客を送り、闇から闇に葬ろうとしたわけだな」

それが自分にどんな関わりがあるかと、鹿之介の表情が問うている。

「ところが、ここに厄介な屏風が立っておりましてな」

破水は、この意味がわかるかと問うように鹿之介の顔色を探った。

「厄介な屏風……凄腕の用心棒でもついておるのか」

「さすが若君、察しが早い。家良自身が一刀流の遣い手である上に、立石家に入婿するとき引き連れて行った剣術指南番・螺旋永眠《らせんえいみん》と、螺旋道場の八剣と呼ばれる高弟が家良を護《まも》り、将軍がさし向けた刺客を悉《ことごと》く返り討ちにしてござる」

「あの螺旋永眠が立石家良の屏風となっておるとな……」

鹿之介は顔色を改めた。

螺旋道場は別名・永眠道場と呼ばれ、江戸は申すに及ばず、全国の道場から恐れられている。

この天下泰平の時世に、実戦本位の剣法を旨として、入門を乞う者は真剣をもって挑まなければならない。腕におぼえのある入門希望者も手足をへし折られて追い返されたり、最悪の場合、命を失う。螺旋道場に籍を置く者はいずれも、入門時の真剣試験を通り抜けた者である。

　家良も、螺旋道場の高弟であり、入婿時、道場主・螺旋永眠と、八剣と呼ばれる高弟を藩の剣術指南番として引き連れて来た。

　立石家にも累代の剣術指南番がいる。だが、螺旋道場八剣の最末弟と立ち合って脆《もろ》くも敗れ、生涯、刀を握れぬ身となってしまった。

「幕府の刺客も将軍から選ばれた凄腕揃いであるが、これが悉く返り討ちに遭ってござる。現在、家良は参勤交代で江戸におりますが、国許に帰れば、ますます討ちにくくなりましょう。家良を生かしておけば犠牲者は出る一方。彼を討てる者は若君以外にはございませぬ。察するところ、だいぶご退屈のご様子。世のため、人のために、この大害虫を駆除するために、お神輿《みこし》を上げてくださらぬかとおもいましてな」

　破水は来意を伝えた。

「話はおおかた見えてきた。たしかに家良は天下の害虫。放置すべきではないとおもうが、わしはいまは見る通り、山羽家の跡として勝手な動きはできぬ。一挙手一投足に家中の目が光っておる。屋敷の外に出て家良を討つどころか、猫一匹斬っても、家中は大騒動になるであろう」

「若君が左様におもい込んでおるだけで、外出にはさしたる苦労はございますまい」

「なんと？」

「若君はあくまでも次代、ご当代ではござらぬ。次代として下々の事情に通じるために市井に出て学びたいと大殿様にお申し出でおわせば、必ずお許しを賜りましょう。屋敷内で若隠居のように猫の蚤《のみ》取りをしながら日向ぼっこをしているよりは、ずっとましでござろう」

破水は鹿之介の心情を先読みして、この話を持ちかけてきたようである。

鹿之介の血が疼いた。山羽家跡継としては、この危険な話を断るべきであろう。だが、このままなすことなく藩邸内の象徴として祭り上げられている間に、心身共に腐ってしまうような気がした。立石家がどうなろうと、山羽家にはなんの関わりもない。

「腹を裂かれたのはおれんでござる」

破水が鹿之介の逡巡を見通したように言った。

「おれんが腹を裂かれた……それはどういう意味だ」

「家良は家中や領内の女では面白くないと言って、おれんを呼んだのであろう。そして、おもうさま弄《もてあそ》んだ後、おれんの腹を裂いてござる。長屋に送り返されてきたおれんの骸が異常に重かったので、調べてみると、腹の中から二百両出てきた。おれんは腹を切り裂かれ、臓物をくりぬかれて、二百両詰め込まれていた」

破水がその場面をおもいだしたのか、声を詰まらせた。鹿之介は、自分でも顔色が変わったのがわかった。

おれんは通い枕《コールガール》であったが、誇りを持っていた。売り物の身であったが、客を選んだ。おれんの客には身分の高い者が多かった。安売りはしなかったが、気に入れば、身分の低い者や貧しい者にも、ただ同然で身体を提供した。

おれんは家良に呼ばれたものの、土壇場で拒否したのであろう。そのために腹を裂かれて、二百両詰め込まれた。被害者の腹中を香典袋とし、人間の命を買い取ったという下手人の非道な意識が見えた。

鹿之介の体の芯から怒りが衝動のように噴き上がってきた。

おれんは鹿之介が長屋に残してきた家臣の一人である。その家臣を弄ばれ、腹を裂かれ、臓物をくりぬかれて、二百両詰め込まれた骸を返されては、主たる者、黙過できない。長屋衆の憤激が鹿之介の胸に痛いようにわかった。

だが、相手は十五万石の太守であり、当代将軍の実子である。長屋衆はごまめの歯ぎしりもできない。長屋衆が黙っていたのは、山羽家の後嗣となった鹿之介に迷惑をかけたくなかったからであろう。

破水は客臣と名乗っているが、直接の家臣ではない。見るに見かねた破水が鹿之介に伝えに来たのであろう。

「和尚、おれんの死は見過ごしにできぬ。立石家良におれんを殺したことを後悔させてやるぞ」

鹿之介は意志の定まった目を破水に向けた。

「おれんもその言葉を聞いて、あの世で喜んでいるにちがいない。拙僧も及ばずながら一臂《いっぴ》の力をお貸し申す。長屋衆ならずとも、あのような美《い》い女を殺した悪大名を許すことはまかりならぬ」

破水が我が意を得たりというように言った。

ここに山羽家の象徴として休眠していた鹿之介は、目を覚ました。

彼はまず、破水の伝えた話をるいに諮《はか》った。

「兄君、それはおやめあそばせ。兄君はいまや山羽家の後嗣におわします。立石家良がいかに極悪非道の人間であろうと、兄君が天に代わりて膺懲《ようちょう》すべきことではありませぬ。ましてや、悪名高き螺旋道場の邪剣士どもが護衛していては、あまりにも危険が大きゅうございます。兄君の身に万一のことがあれば、山羽三十二万石は断絶、家中の者は路頭に迷います。ご身分をおわきまえあそばせ」

るいは言下に反対した。

「るい、そなた、おれんが腹を裂かれて、二百両詰め込まれても、なんともおもわぬのか」

「おもいます。されど、おれん一人のために山羽家を累卵《るいらん》の危うきに置くわけにはまいりませぬ」

「おれんは我が家臣ぞ。家臣を無惨に殺されて、主たる者、見過ごしにはできぬ」

「家臣はおれん一人ではございませぬ。おれん一人の仇を報ずるために、多数の家臣を失うことになりかねませぬ」

「そのためにるいがいるのではないか。そなたがわしや家臣を護ってくれればよいではないか」

「私一人では、兄君と多数の家臣を護りきれませぬ」

「るいともあろう者が、左様な弱音を吐くでない。主と家臣は信頼によって結ばれておる。おれんはただの殺され方ではないぞ。弄ばれ、腹を裂かれ、臓物をくり出されて二百両詰め込まれたのじゃ。どんなにか無念であったであろう。おれん一人の無念ではない。長屋衆、そして山羽家全家中の無念である。かような暴虐と辱めを家臣が受けて、主たる者、黙っておれば、山羽家が侮《あなど》りを買うのみならず、家臣の信を失う。断じて見過ごしにはできぬ」

鹿之介の意志を動かぬと見たるいは、

「兄君が左様にまで仰せられるのであれば、もはやなにをか申しましょう。るい一身に代えても、兄君をお護りいたします」

と折れた。

あとは正言の説得である。

「家臣をおもう其方《そのほう》の心、よみすべきである。主、主たらざれば臣の信頼を失う。余が家中の騒動を招いたのは、臣をおもう心に足りなかったからじゃ。立石家と山羽家は累代親しい間柄である。公儀より上様の悪しき落とし胤を当家に押しつけられたやもしれず。対岸の火事と見過ごしにはできぬ。

出来の悪い家良を無理やり立石藩に押しつけた非を悔いた上様が、自ら刺客をさし向けたのであれば、家良を討ち果たすことは上様の御意に適《かな》うはずじゃ。家良が討たれれば、ご舎弟・主殿殿をもって後嗣となすであろう」

と正言は言って、

「そちの好きにいたすがよい」

としごく寛大に許した。正言も累代友好関係にあった立石藩の藩難ともいうべき幕府の押しつけ養子当主の傍若無人ぶりを、腹に据えかねていたようである。

ここに正言の許しを得た鹿之介は、家良と、彼を護る螺旋永眠率いる八剣と向かい合うことになった。

鹿之介に影のように従うのはるいである。正言は二人の祖父に当たる熊谷孤雲に、彼らの陰供を申しつけた。邪剣の剣客・螺旋永眠を制する者は、孤雲を措《お》いてないと判断したのである。

「殿、ご案じ召されますな。若君は稀代の剣客にござる。それに、るいがおそばに侍《はべ》っております」

孤雲は二人に絶対の信頼をおいているようである。

「わかっておる。だが、永眠は老獪《ろうかい》である。二人は若い。老獪に対して老巧のそちに背後を守ってもらいたいのじゃ」

「殿、拙者はまだ老ではござらぬ」

孤雲が抗議した。

「許せ。老巧でのうて老強、いや、壮強とでもいおうか」

「取ってつけたようなお言葉、あまり気に入りませぬが、まあ、よろしいでしょう」

孤雲は不承不承といった体でうなずいた。

螺旋永眠の悪名は孤雲の耳にも聞こえている。邪剣の代表のような永眠と、剣客としていつかは立ち合ってみたいというおもいがあった。剣客の本能のようなものであろう。

山羽家の剣術指南役として迎えられ、孤雲流を創始した剣客であり、お家の後嗣と決定した鹿之介の祖父として諫止《かんし》すべき立場にある孤雲が、なんら異議を申し立てなかったのは、立石藩の悲運は山羽家のものであったかもしれないからである。

継嗣争いを、家中取り締まりよろしからずとして幕府に咎められ、家良を正室との間の姫の婿として押しつけられても、不服は唱えられない。幸いにも立石家が貧乏くじを引いてくれたおかげで、危機を逃れた。

家良が立石藩の当主となってから、これまで友好関係にあった立石藩との関係が険悪になっていた。家良の暴虐に耐えかねて、続々と山羽藩領内に逃げ込んで来た立石藩の領民たちを保護していることを、家良は面白くおもわなかった。

なにかといえば、実父である将軍の威光を笠に着て、領界を侵犯したり、国境近くで武威を示すような大がかりな狩りを催したりした。

家良の暴虐ぶりには隣藩家中や領民だけではなく、山羽藩も大いに迷惑を被っていた。だが、押しつけ婿ではあっても、将軍の実子とあって、山羽藩は耐えていたのである。山羽藩の江戸藩邸をおさきの方、および鮫島兵庫に制圧されていたのも、国許が隣藩対策に忙しく、江戸に力を割けなかったせいもあったのである。

家良の暴虐に耐えていた正言にしてみれば、将軍の意を汲んだ家良暗殺計画は、この間の隠忍自重による胸のつかえを一挙に晴らす絶好の機会であった。

だが、鹿之介の行動は家中の不安と、隠れているおさきの方派の不満を引き出さぬために秘匿された。

正言から許しを得た鹿之介は、るいを引き連れて久しぶりに落葉長屋に帰って来た。

長屋衆は鹿之介を迎えて、活気づいた。おれんを無法に殺されて沈み込んでいた長屋衆は、鹿之介とるいを迎えて、ごまめの歯ぎしりが一挙に具体化した。

「べらぼうめ。おれっち、ただの長屋衆じゃねえぞ。天下の山羽藩の若君様の家臣でえ。おれんさんを殺したことを、大海原の千石船のようにコウカイさせてやる」

「そうだ。後悔先に立たず。てめえの腹をかっさばいて、おれんさんの腹に埋めた二百両を埋め返してやらあ」

「そうよ。落葉長屋を舐めるんじゃねえぞ。山羽藩三十二万石の若君様のお声がかりの外臣だ」

「がいしんって、なんだ」

「外にいる家来のことよ」

「そいつは心外（臣外）だ」

「洒落《しゃれ》てるつもりか。家中の衆とちがって、長屋衆はお屋敷の外で仕えているんだ。江戸広しといえども、大名の外臣の長屋は落葉長屋以外にはあるめえ」

「だから、落葉《おちば》外《そと》（鬼は外）というんだろう」

「おきやがれ。おれっち鬼じゃねえやい。落葉は吹き溜まりに決まってらあ。落葉も溜まれば山葉となる」

長屋衆は久しぶりに生来の明るさを取り戻した。

「皆の者に会えて嬉しい。おれんの仇は必ず討つ。だが、敵は手強《てごわ》いぞ。安易に仕掛ければ返り討ちに遭う。敵はばか息子ながら将軍の実子であり、螺旋永眠以下、螺旋道場の邪剣士どもがついておる。簡単に討てる相手ではない。それも我らの仕業とわからぬように闇から闇へ葬らねばならぬ。くれぐれも軽挙妄動は慎むように」

鹿之介は長屋衆一同に改めて言い渡した。

公儀派遣の刺客どもが悉く返り討ちに遭ったことを見ても、敵は尋常の剣客集団ではないことがわかる。それに鹿之介が動いていることがわかれば、家良暗殺が将軍の意に適うとしても、幕府の態度が変わらぬとも限らぬ。将軍直属の刺客が家良を討つのはよい。だからといって、鹿之介が家良を暗殺してよいということにはならない。

おれんも鹿之介の外臣にはちがいないが、認められた家中ではない。要するに、市中の通い枕を無礼討ちにした家良を、鹿之介が逆恨みしたという体裁に仕立て上げて、山羽家取り込み、または改易の口実にするかもしれない。大名の勢力減殺は幕府の変わらぬ政策《ポリシー》である。

鹿之介が計画しているおれんの報復（主が臣の仇を討つ）は、三十二万石後嗣として軽率の誹《そし》りを免れない。国家老の安良岡将監が知れば、途方もないこととして反対するであろう。

将監の反対を躱《かわ》すためにも、家良暗殺を幕府派遣の刺客の犯行に見せかける。おれんが鹿之介の外臣であることを知る者は、幕府にはいない。あるいは家良を殺さず、悪逆非道の行跡を本人に白状させて、念書を取り、評定所に突き出せば、幕閣は震撼する。

家良の乱行は聞こえてはいても、証拠はない。被害者はほとんど死に、運よく生き残った者も後難を恐れて口を閉じている。また、彼らが口を開いたところで、被害妄想、信憑性なしとされれば、それまでである。

おれんの下手人にしても、おれん自身が家良に呼ばれたと言い残しているだけで、家良が手にかけたという動かぬ証拠はない。家良の生殺いずれにしても、本人におれん殺しを認めさせなければならない。

鹿之介はおれんの仇討ちに壮大な秘策を抱いていた。家良を突破口にして、幕府の諸大名への養子押しつけ政策を取り止めさせるつもりである。家良の悪逆非道が世間に公になれば、幕府としても養子押しつけ政策を強行できなくなる。

わかっているだけでも五十数人に及ぶ落とし胤の押しつけ先に狙われている諸大名は、戦々恐々としている。すでに大名家に押しつけられた中には、家良ほどの悪ではなくとも、彼に準ずるばか婿が複数いる。

家良の悪行を公にすることによって、今後の押しつけを防止し、ばか婿の被害を受けている大名たちを結束させることができるであろう。

鹿之介が立ったのは、単におれんの仇討ちだけではなく、幕府の誤れる制度を是正しようという狙いがあった。

孤雲も鹿之介の遠大な狙いを察知したので、あえて反対もせず陰供を引き受けたのである。

軍師は破水、兵力は一騎当千の長屋衆と、熊谷孤雲仕込みの超常の女忍《くノ一》・るい。螺旋永眠率いる八剣に対して、決して引けはとらぬ自信が鹿之介にはあった。

家良を討つのは、彼が江戸在府の間である。国許に帰られては格段に難しくなる。

大家の庄内、および長屋衆の調査網を動員して、家良の日々の行動を探った。

彼はおおむね神田橋外にある上屋敷《かみやしき》に居住しており、気が向いたとき、側室のいる下谷三味線堀町の中屋敷に赴く。正室が住まわっている高輪の下屋敷にはまったく行かない。

一日と十五日の登城日には、永眠と八剣、および供の者数十人を従えて登城する。

噂によれば、上邸においてすら侍女を引きつけ、あるいは市中から呼び寄せた女と、時をかまわず痴戯に耽るという。

さらに、江戸のお膝下では、国許のように領民の女を拉致して来るようなことはないが、岡場所（私娼窟）の女や、夜鷹なども邸に連れ込んでいるようである。

調査を始めて間もなく、庄内が興味ある情報をくわえてきた。

「ばか婿、最近、吉原に通っておりやす」

「なに、吉原だと……」

「へえ、吉原の遊女屋『一文字』の呼出《よびだ》し女郎（高級遊女）・薄雪《うすゆき》に入れ込んで、足しげく通っておりやす。薄雪を見に行ったんでやすがね、驚きやした」

庄内がおもわせぶりに言った。

「驚いた……なにがだ」

「瓜二つなんでやすよ。おれんさんが生き返ったかとおもって、危うく腰を抜かしかけやした」

「薄雪がおれんに瓜二つ……つまり、家良は自分で殺しておきながら、おれんが忘れられぬということか」

「そういうこって。これはおれんさんの霊が薄雪に乗り移って、仇を討ってくれと呼びかけているのかもしれやせんぜ」

「登・下城の途次は警戒が厳しい上に、城に近い。将軍居城の近くで事を起こせば、謀叛《むほん》と見なされて幕府を敵にしてしまう。吉原通いの途上であれば、江戸の外れである。大名にもあるまじき遊女買い中襲われたるは自業自得と見られるであろう。登・下城時よりは警戒も薄い。最も狙い目は、遊女と同衾《どうきん》中であるが、廓《くるわ》内で事を起こせば、他の遊客に迷惑を及ぼす」

吉原への往復の途次が狙い目である。特に帰途は家良以下、その相伴にあずかった護衛陣も、遊女に精を抜かれて油断をしているにちがいない。

庄内が集めた情報を検討するために、長屋衆が集められた。

鹿之介の意見を聞いたるいが、

「兄君、それは甘《あま》うございます」

と異議を唱えた。一同の視線が集まった。

「遊女屋からの帰途、油断をしているであろうとは、だれもがおもうこと。家良には永眠が従いております。あの者は異界の者にございます。この世の物差しで測ってはなりませぬ」

「ならば、そちならばいつを狙うぞ」

鹿之介が問うた。

「やはり廓の内、それも褥《しとね》の上を狙います」

「褥の上だと……廓の内で騒動を起こせば、遊客を巻き込む」

「妖狐《おとか》がかまいたちの鎌太郎を殺《あや》めた手を用いましょう」

「かまいたちを……」

鹿之介はじめ、長屋衆がはっとしたような表情をした。

群盗・妖狐一味と戦ったとき、その配下・かまいたちの鎌太郎、猫目のがんまく、蜉蝣の銀平を捕らえ、妖狐の隠れ家を探知するために三人を釈放した。

三人は三方に分かれ、その夜、吉原に登楼したかまいたちは首を斬られて死んでいた。下手人は妖狐がさし向けた刺客であった。蜉蝣と猫目も危うく殺されかけたところを、鹿之介と大家の庄内に助けられた。

それ以後、蜉蝣と猫目は長屋衆に加わっている。蜉蝣と猫目は自分たちを殺そうとしたかつての仲間、妖狐一味を敵と見なし、鹿之介以下、長屋衆を命の恩人としている。いまは長屋衆の有力な戦力である。

「かまいたちが殺《や》られたときは、同衾していた遊女にも悟られず、白川夜船中斬られたので、他の客を巻き添えにすることはなかった。だが、家良はそうはいかぬぞ」

鹿之介は言った。

「家良の敵娼《あいかた》になれば、他の客を巻き込まずに的を射落とせます」

「敵娼になるとは……」

束の間、鹿之介はるいの言葉の意味を測りかねた。

「私が家良と褥を共にします」

「る、るい……そんなことが……」

鹿之介は驚愕のあまり言葉に詰まった。長屋衆一同も啞然となった。

「家良の敵娼はおれんさんに瓜二つなそうな……。私がおれんさん、いえ、敵娼に化けて、家良と同じ褥に入ります。男が最も無防備になるのは、女と同じ褥に寝ているときです」

「るい、そなたに左様な危ない橋は渡らせられぬ」

「これまで危なくない橋がありましたか。私は女忍《くノ一》、危ない橋は渡り慣れております。家良を闇から闇に葬るには、褥の中以外にはございませぬ」

るいは断言するように言った。だが、鹿之介が恐れている危険には、女の危険も含まれている。

「ふふ。兄君、いやらしいご心配をされておられるのでしょう」

るいが鹿之介の胸の内を読んだように言った。

「ご案じ召されますな。家良ごときに体を開かれるるいではございませぬ。もっとるいを信用あそばしませ」

るいは艶を含んだような目で鹿之介を睨《にら》んだ。おもわず背筋がぞくっとするような艶色が吹きつけてきた。

「それは妙案じゃ」

破水が膝を打って、

「いかに永眠といえども、まさか家良の褥のそばに張りついてはおるまい。家良は褥の中で敵娼に化けて、おるいさんが待ち伏せしているとは夢にもおもうまい。吉原には伝《つて》もある。おるいさんを敵娼の薄雪に化けさせるのは、さして難事ではない。寝間の周囲に拙僧が結界（透明な障壁）を張ろう。おるいさん、手早くすませてくれ。万一、永眠らが異変を察して駆けつけてくれば、結界は長くは持続できぬ。また多数同時に寄せれば押し破られる」

と言った。

破水が援護射撃をしたので、大勢は一挙に傾いた。

呼出しは遊女屋の大格子の内に部屋を構えている。その部屋の中には遊女と客しか入れない。かまいたちは敵娼が気づかぬ間に首を取られたが、家良には敵娼自身が恐るべき刺客として褥の内で待ち伏せしている。羽化登仙、夢見心地のうちにあの世に送り込まれているであろう。

朝になって、一向に起き出してくる気配のない家良を怪しんで部屋を確かめたところ、家良はすでに骸となっている。護衛が押っ取り刀で追跡態勢に入ったときは、すでにるいは追手の及ばぬ安全圏に逃げているという寸法である。

だが、まだ机上で描いた作戦にすぎない。大家の庄内は自分の情報網と長屋衆を大限に稼動して、家良の行動の詳細を調べあげた。伝を頼って、敵娼の薄雪には家良の登楼日、月のものになってもらうことにした。

遊女は生理中、客を取らない。馴染み客にはあらかじめ予定期間を告げておき、その間は登楼しないように頼んでおく。予告しておいたにもかかわらず登楼して、馴染みの遊女が差し障《さわ》り中であっても代理の遊女を買うわけにはいかない。

馴染みの遊女がいるにもかかわらず、客が浮気をした場合は、顔に墨を塗って嘲弄したり、座敷に閉じ込めて兵糧攻めにしたりの私刑を加える。

遊女が突然の障りになったときは、娼家が代わりの遊女を手当てする。その手を用いようということになった。

薄雪に化けても、護衛が同席する座敷では、永眠に見破られる虞《おそれ》がある。座敷に出るときから薄雪が障りで、るいが替わったと申し開きをしておけば怪しまれないであろう。るいを一目見れば、家良に否やはないという自信が、鹿之介や破水にはあった。

あるいは座敷では薄雪本人が侍り、床入り間際に障りが生じて、るいが替わってもよい。その方が無難であるかもしれない。るいが巧妙に化粧しても、彼女の顔が永眠や八剣に割れていれば危ない。だが、床入り直前に入れ替わったのでは、家良自身が不審を持つ虞がある。

「大丈夫です。家良や永眠たちに、私の素顔が割れているはずはありません」

るいの言葉には自信があった。その言葉で、るいが座敷から薄雪の代理として侍ることになった。

壮大な艶笄《えんぎ》

螺旋道場の八剣は法雨《ほうう》五右衛門《ごえもん》、花竜巻《はなたつまき》、月精《げっせい》、銭洗軍記《ぜにあらいぐんき》、十時陣九郎《とどきじんくろう》、了戒《りょうかい》、直《す》里《ぐり》半兵衛《はんべえ》、稗方無人《ひえかたむじん》。八剣のうち、花竜巻と月精は女である。いずれも恐るべき邪剣の持ち主であり、その特技は不明である。

家良自身が螺旋道場の高弟であり、八剣と並び称せられる遣い手であった。

これまで将軍直属の選り抜きの隠密数名が刺客としてさし向けられたが、師匠の永眠が出るまでもなく、八剣によって悉く返り討ちに遭っている。情報を集めれば集めるほど恐るべき剣客集団であり、敵であった。

だが、鹿之介、るい以下、長屋衆は敵の正体を知るほどに闘志を燃やした。おれんをなぶり殺しにして腹を裂き、二百両を詰め込んだ相手は、断じて許すべきではない。彼らは同じような所業を楽しみながら、おれん以外の被害者に加え、これからも鬼畜の蛮行を重ねるであろう。

庄内の伝から、家良が吉原に遊びに来る日取りが確認された。その日、薄雪の身柄を他の客に取られぬように、前もって立石藩邸の用人から連絡があったという。

時こそ来たれと、鹿之介以下、長屋衆は奮い立った。同じ日にるいを吉原に待ち伏せさせ、鹿之介、破水、長屋衆の選り抜きが吉原に登楼して待機する。みねと夢夜叉、および旅絵師の南無左衛門や蚊帳《かや》売りの清三郎、瓦版屋の文蔵、糸師の長四郎などは、仲居、太鼓持ち、若い衆などにその日だけ化けて、吉原に潜り込んだ。

庄内はよほど吉原に顔が利くらしく、彼自身が一日、亡八《ぼうはち》（楼主）に化けて、内所《ないしょ》（楼主の居室）に控えている。その他、選り抜きの長屋衆は客に化けて待機している。

軍資金はおれんの一命を懸けた〝土産〟があるので潤沢である。足りなければ、山羽藩の勘定所から支給される。

大規模な罠が綿密に仕掛けられた。

当日夕刻、罠が張られているとはつゆ知らず、家良一行は柳橋の船宿から吉原通いの船を出して繰り込んで来た。

吉原へ遊びに行くことを、俗に山谷通いと呼ぶ。金のない者は歩くが、馬や駕籠《かご》で行く者もあり、最も利用された乗物は猪牙舟《ちょき》である。これは細長く、速度が速いが、転覆しやすく、警護もしにくいので、家良一行は屋根船に乗って来た。

吉原は昼見世（昼の営業）も開いていたが、遊客が最も賑わうのは夜見世、暮六つからである。鈴の音を合図に遊女が呼出しの間に居並ぶ張り見世が始まると、吉原は提灯《ちょうちん》やぼんぼりの満艦飾となって、その本領を発揮し始める。

家良一行は暮六つとほぼ同時に、京町一丁目の一文字屋に登楼した。楼の階段の上がり口で、店の妓夫《ぎふ》（若い衆・牛太郎）に刀を預ける。いかに将軍実子の権勢をもってしても、吉原のしきたりを破ることはできない。家良以下、永眠、八剣、いずれも大小を預ける。預けられた刀は、一階にある内所の刀架けにかけておく。

こうして丸腰になった客は、二階に上がって遊興を始める。一文字屋の最も広い二階の座敷を占領して、上座最上席に家良が座り、薄雪が寄り添い、永眠以下、八剣が居流れる。薄雪の妹分の局上臈《つぼねじょうろう》、番頭新造《しんぞう》、振袖新造、芸者、幇間《ほうかん》（男芸者）、禿《かむろ》、遣手《やりて》などが賑やかに顔を並べている。料理を運ぶ仲居が行き交い、座は次第に盛り上がってきた。

家良は酔うと粗暴な振る舞いが多く、恐れられているが、気前がよく、遊女、幇間、芸妓、遣手はもとより、お針（裁縫女）、真名箸《まなばし》（料理人）、牛《ぎゅう》の末の者まで漏れなく祝儀を配るので、みんなおっかなびっくりに持ち上げている。

八剣中、二剣はうら若き女性で、花魁《おいらん》や芸妓と見誤るような美形である。

その夜、家良は敵娼の薄雪よりも、初見参の遊女を気にしていた。初めて見る顔であるが、その気品ある艶っぽさは群を抜いている。薄雪が妹分の初雪と紹介した。薄雪の身の回りの世話をする遊女見習で、今夜初めて家良の座敷に出たということである。

その臈《ろう》たけた美しさは、家良の座敷のために選り抜かれた遊女たちを圧倒した。満楼灯火を競う吉原随一の大店《おおだな》の賑わいも、彼女自身から発光するかのような後光《オーラ》の前では、燃え尽きかけた蠟燭《ろうそく》のように貧弱に見える。

こんな凄い遊女がいると知っていれば、初めから初雪を指名したものをと、家良は内心悔やんだ。

囃《はや》し方が入り、宴たけなわになった。いつもであれば、家良は率先して唄い、踊るところであるが、初雪が気になって仕方がない。

さすがの二女剣・花竜巻と月精も、初雪の前では影が薄い。

そのとき薄雪についていた番頭新造が家良の耳に口を近づけて、意外なことをささやいた。番頭新造は年季が明けたものの行き先がなく、花形花魁につき、マネージャーの役目をしている千軍万馬の遊女上がりである。本人は色を売らないが、客と花魁、座敷全般に目配りして、万事粗漏のないように取り持つ。

「ただいま知りましたことでございますが、薄雪が急な障りになりました。お手打ちになりましても申し開きのできない私めの不調法にございますが、初雪をお褥御代役として奉ること、お許しいただけませんでしょうか」

と番新は鞠躬如《きっきゅうじょ》として言った。もとより番新の声は弦歌に消されて、周囲の者には聞こえない。

家良は我が耳を疑った。これほどの上玉を薄雪の代役として提供するという。

江戸は武士の都市であり、女性人口が極端に少ない。貧しい男たちは一生、結婚どころか、女にありつけない者も多い。吉原や岡場所が発展したのも、女性の希少価値を示している。

吉原の客と遊女が床を共にするまでの複雑・奇妙な習わしも、女性の希少価値を利用して、より高く売りつけようとした工夫である。それが薄雪よりも数段勝る上玉が敵娼の名代として提供された。これを断るようであれば、男をやめた方がよい。

家良は体の芯から噴き上がるような興奮と喜悦を抑えて、

「余はかまわぬ。万事よろしく任せる」

と答えた。

「早速、お聞き届け賜り、有り難う存じます。これは当方の不調法ゆえ、今宵の揚げ代は当店にて持たせていただきます」

と番新は申し出た。

馴染みの敵娼が急病や障りのあるとき、妹分の振袖新造が名代となることは珍しくないが、客は名代と同衾できない。ただ、話し相手になるだけで、同額の揚げ代を取られる。それが店の不調法として名代に褥役を務めさせた上に、揚げ代は店の負担という申し出は、それだけ家良を特別の客と見ているわけである。

さすがは吉原随一の大店である。店の不調法はすべて店が償うと申し出た。だが、それを濡れ手で粟とつかみ取るようでは無粋とされる。店の申し出では見せかけ《ジェスチャー》と見なければならない。

頃合い《タイミング》を測っていた若い者が、

「ちっとお片づけ申します」

と声をかけた。これが遊興に区切りをつけ、床入りの合図である。家良は用便に立った。その間に床の用意がされる。相伴していた護衛陣もそれぞれの敵娼と共に床におさまる。

家良はいよいよ初雪と同衾直前になって、ふと怯《ひる》みのようなものをおぼえた。初雪のこの世のものならぬような美しさに位負けしたのかもしれない。

男はあまりに美しい女にまみえると気後れする。男冥利に尽きる千載一遇の好機に立ち後れる事例が多いのも、女に位負けしてしまうからである。これを初回不能と呼ぶ。少し以前の太夫、ただいまの呼出しクラスの高級遊女にまみえた客に見られ珍しくない症状である。

千人斬りをもって任ずる家良には、どんな女にまみえても、決してなかった現象である。その兆候をいま感じ取ったのは、いかに初雪が頗《すこぶ》る付きの上玉であるかを物語っている。天女が天下り、遊女に化身したのではないかとおもうほどである。

（わしともあろう者が、遊女ごときに気後れしてなるものか）

家良は自らを叱咤しながら、部屋に戻ると、寝室にはすでに黒繻子《くろじゅす》金糸で刺繍した五つ重ねの床が設えられていた。床には夜着に着替えた初雪が待っていた。本来なら、花魁の名代は決して床入りせず、床脇で客の話し相手を務めるだけである。

極彩色の屏風で囲んだ床を枕許のぼんぼりが艶っぽく染め上げ、世間から柔らかく切り離しているように見える。家良にはその艶っぽい光が、初雪の体から発光しているように感じられた。

褥に横たわった初雪は、家良の庖丁さばきを待つのみの俎上《そじょう》の鯉である。

「苦しゅうない。近うまいれ」

家良は自らを励ますようにして、初雪に声をかけた。さりげなく装って初雪の体に手をかけると、細かく震えている。手練手管に長《た》けているはずの遊女が震えていることに、家良は少し自信を取り戻した。これならば初回不能に陥らずに済むかもしれぬ。

それにしても、これほどの女にまみえた機会は今宵一夜限りである。いかに家良の威勢と資本力をもってしても、長い歴史を持つ吉原の習わしを破ることはできない。馴染みの遊女がありながら、他の遊女と浮気した客は顔に墨を塗られたり、髷《まげ》を切られたり、私刑に遭っても苦情はいえない。

特に今宵同床を許されたのは、一文字屋の特別の計らいである。まさに一期一会の機会であった。

「お願いでござりんす。明かりをもう少し暗くしておくんなまし」

初雪が蚊の鳴くような声でささやいた。家良はうなずいて、ぼんぼりの芯を詰め、その位置を工夫した。床の照度が下がり、初雪の姿が幻影のようにおぼろになった。

敵娼の部屋に引き取ってから、螺旋永眠の意識に次第に容積を増やしてきたものがあった。床入り直前になって、家良の敵娼に差し支えが生じて、妹分の新造が名代となった。それは廓で特に珍しいことではない。だが、名代には手を出せない仕来りである。いつもの家良ならば激怒するところである。

番新から何事かささやかれた家良は、怒るどころか、むしろ喜悦の表情になって、いそいそと床に引き取って行った。名代の振袖新造の並外れた美貌も気になっている。

入山形《いりやまがた》に二つ星の最高級花魁が束になっても敵《かな》わない桁外れの気品と美貌の上玉が、振袖新造として薄雪に仕えていたことも解せない。今宵が初座敷ということであるが、あれほどの上玉をこれまで客の座敷に出さなかったということもおかしい。

そういえば、芸妓や幇間にも初めて見る顔があったような気がする。男女の芸者（男は太鼓持ち）や仲居は登楼の都度、顔が替わるので、さして不審におもわなかったが、いまにして気になった。

永眠は、

「今宵、薄雪の名代として殿に侍った初雪という振袖新造は、今宵が初座敷ということであるが、これまでなにをしておったのだ」

と敵娼の浮雲に問うた。

「わちきも今夜初めて初雪さんに会っておす。親方《てて》（亡八）さんのお知り合いの娘さんと聞いておす」

と浮雲は答えた。

「亡八の知り合いの娘を、いきなり座敷に出し、花魁の名代に立てることがあるのか」

「わちきも初めてでありんす」

浮雲はさして興味がなさそうに答えた。

永眠は急に不安になった。慣習を重んずる吉原で、楼主（亡八）自ら慣習を破っている。それがなにを意味するのか。

（もしかすると）

永眠は敵娼と共に横たわったばかりの床から跳ね起きた。

「どうなさんした」

驚く浮雲に目をくれず、永眠は、

「皆の者、起きよ」

と呼ばわりながら、家良の寝間に走った。

すでに子《ね》の刻（午前零時）になっていた。大門は閉め、くぐり戸から遅い客が出入りしている。賑やかだった廊下は森閑として人影が絶え、不寝番だけが行灯《あんどん》の油をさしてまわっている。

寝入りばなを叩き起こされた八剣は、さすがに一拍の間に勢揃いした。

「気になることがある。殿の寝所に走れ」

永眠の一声の下、八剣は一陣の颶風《ぐふう》のように廊下を走った。足音を立てず、気配もない。

家良は初雪を抱いた。ぼんぼりからこぼれ落ちる仄明かりのもと、初雪のたおやかな身体は溶けていくようであった。餅肌というのか、薄い夜着越しに初雪の肌がしっとりと吸いついてくるようである。どんな香を薫《た》きしめているのか、あるいは初雪自身の香りであろうか。えもいわれぬ香りが家良を陶然とさせた。

家良は彼女の実体を両腕に確かめながら、いまこの時間が夢かうつつか信じられない。地上の男が天女を抱こうとしている。伝説の中でしか許されなかったことを、実体験しようとしているおのれが、神を冒瀆《ぼうとく》しているような気がした。

(なにが天女か。要するに、売り物、買い物の遊女にすぎぬ)

家良は、ともすれば怯みかかるおのれを叱咤して、初雪を包む薄物を剝《は》ぎ取ろうとした。家良にはその薄物が天女を包む羽衣のように見えた。

「痛《いと》うありんす。優しくしておくんなんし」

初雪がささやいた。

「ならぬ」

家良は自らに命じた。初雪の言うがままにすると、ますます萎えてくるような気がした。だが、無理に剝ぎ取ろうとすると、羽衣は初雪の体にしっかりと巻きついたかのように離れない。すでに帯は解いて、細い腰紐一本だけである。その腰紐も結び目は解けかけている。

家良は焦った。

「このようになさんし」

初雪が焦る家良の手に、白魚のような手を添えて腰紐を解いた。最後の羽衣を開いた後にはなにも身に着けていない。一瞬、家良は強い光を目に射込まれたように感じて、くらっとした。その一瞬を衝いて、凶悪な気配が突き上げてきた。

廊下を黒い颶風のように走り抜け、家良の寝間のかたわらに達した永眠と八剣は、突然、はじき返された。なにも障害物はないのに、透明な厚い壁が張りめぐらされているかのように、加速度をつけたまま衝突し、その反動で跳ね返されたのである。

「やや、何事」

さすがの永眠もこの奇妙な現象に驚愕した。

廊下の両側の部屋は寝静まり、奥から表まで奥行き二十間あまりの廊下は森閑としている。永眠に従う八剣も、透明な障壁に阻まれて奥に進めない。

「殿、ご無事におわすか。お返事なされい」

永眠は結界越しに呼ばわった。


折り敷いた形の初雪の体から、突如突き上げられた殺気とほとんど同時に、廊下の方角から永眠の声が届いた。本能的に身を躱《かわ》したのと凶悪な気配が家良の胸元をかすめたのと同時であった。永眠が声をかけなければ、初雪から迸《ほとばし》った殺気をまともに受けていたところである。

「狼藉者、推参なり」

家良は床から跳ね起きた。身体のどこかをかすられていたが、損害《ダメージ》を確かめている余裕はない。初雪が容赦なく追撃して来た。初雪は遊女、いや、天女に化けた刺客であった。天女の羽衣に身を包み、刃物を隠し持って遊女屋の褥の中で待ち伏せしていたのである。

家良は生まれて初めて死の淵に臨んだ恐怖をおぼえた。彼自身、かなりの剣客であるが、寸鉄も帯びず、天から下って来たかのような恐るべき刺客と向かい合っている。第一撃は永眠の声で救われたが、このままでは確実に殺されてしまう。

「永眠、助けよ」

家良はなりふり構わず救いを求めた。


「まとまれ。一丸となって押し進め。気を一つに集めよ」

永眠の一声のもと、一丸となった八剣は透明の抵抗に遭ったが、

「怯むな。押し進め」

永眠の掛け声に八剣は集めた気を振り絞った。突如、抵抗が除《と》れて、永眠らは一塊となって家良の寝間になだれ込んだ。そこには羽衣のような薄物を絡めただけの全裸同様の初雪が、血だらけになった家良に止《とど》めを刺そうとしていた。

全裸同様の初雪の肌は家良の返り血を浴び、ぼんぼりの仄明かりに染まって、悪夢の幻影のように見えた。

「女狐、推参なり」

永眠の手許から閃光が迸った。閃光と見えたのは敵娼が髪に差していた簪《かんざし》や髪飾りである。先端が尖鋭な結髪具は、永眠の手練《てだれ》と結びついて恐るべき武器となった。

初雪はなにをおもったか、果物の皮でも剝ぐように、最後に身にまとっていた薄物をはらりと脱ぎ捨てた。薄物はふんわりと宙に舞い、永眠が飛ばした結髪具を柔らかく搦《から》め捕った。その間に、家良は八剣の囲いの中に逃げ込んだ。

「逃すな」

永眠は視野の片隅に家良を入れながら、初雪を追跡した。全裸となった初雪が床を囲んだ屛風を蹴倒し、廊下に飛び出している。その超人的な素早い身のこなしに、永眠は、

「女忍《くノ一》だな」

とつぶやいた。そして、女忍《くノ一》と見破られたるいの前に逸速《いちはや》く立ちはだかった二個の人影があった。

「螺旋八剣のうち、花竜巻」

「同じく月精」

と名乗った影は女である。彼女らは退路が廊下と読んで、そこに待ち伏せしていたのである。るいは二人が並みの剣客ではないことを直感した。剣を持たずとも、全身が凶器と化したかのように凄まじい殺気を孕《はら》んでいる。

事実、彼女らの手足、頭、爪、歯、悉くが恐るべき凶器であった。手を触れただけで岩を断ち割り、一蹴りしただけで厚い壁を踏み破る破壊力を秘めている。その人間凶器が二人同時に緻密な連携を組んで攻めて来れば、るいといえども危ない。二人の連携にはつけ込む隙がまったく見いだせない。

「おるいさん」

そのとき声があり、一筋の矢が射込まれて、廊下の天井に突き立った。矢には一本の天蚕糸《てぐす》がついている。つづいて第二矢が鏃《やじり》に羽衣を結んで飛んで来た。

援護の意図を了解したるいは、羽衣をまとい、廊下の天井から張られた透明な天蚕糸を伝って空間を移動した。

「逃すか」

月精と花竜巻は移動する羽衣を目掛けて跳躍した。

必殺の手刀と蹴りを、天蚕糸を滑りながら空間を移動するるいに浴びせた花竜巻と月精は、空を切ったおのれ自身の肉体凶器に愕然となった。これまで必発必中、空を切ったためしはない。

そのときになって、空間にはるいの実体はなく、羽衣だけが移動していることに気づいた。るいの目晦《めくら》ましの術にまんまとはまったのである。

羽衣を追って宙を飛んだ月精と花竜巻が床に戻ったとき、下から薙《な》ぎ上げられた。囮《おとり》を用いて空間移動と見せかけたるいは、床に這《は》って待ち伏せしていた。月精が床に落ちたときは、すでに片足首を失っていた。

廊下の気配を悟って、家良を擁して移動しようとした永眠ら八剣の前に、うっそりと立った影があった。鹿之介である。永眠以下、八剣を前にして、厚い壁のような圧力をかけてくる。

「心せよ。その者、只者ではないぞ」

永眠が警告した。さすがに永眠は、鹿之介がこれまでの刺客とは異なることを見抜いた。

「ふふ、姿を現わしたな。きさま、女狐の飼い主であろう」

十時陣九郎が永眠の警告を無視し、隠し持っていた武器を構えて慎重に間合いを測った。永眠以下、八剣の前にただ一騎で立ち塞がったのはよい度胸である。これまで十時の居合を躱した者はいない。

鹿之介と十時は微妙な間合いに入った。両者の切っ先が届くか届かぬかの際どい距離である。だが、十時には充分な間合いであった。

十時の必殺の居合が迸った。同時に法雨五右衛門が、

「陣九郎《じんくろう》、下がれ」

と叫んだ。陣九郎の太刀と見せかけていたのは槍であり、抜くと同時に先端が太刀の二倍の長さに伸びる。陣九郎の得物を太刀と信じ込んだ敵は、突如、槍と化したその穂先に身体を貫かれてしまう。

次の瞬間、永眠以下、八剣は信じられない光景を見た。一瞬、鹿之介の胸を突いたかに見えた陣九郎の槍の穂先は、苧殻《おがら》のようにへし折られていた。これまで十時の居合でこのような光景を見たことはない。

だが、陣九郎は少しも慌てず、

「やるな。飼い主」

とほくそ笑んで、まだ充分に振り切っていない柄を振り切った。

陣九郎の太刀槍にはまだ仕掛けが残っていた。最先端を叩き折られたものの、柄を操作して第二段目が外れ、投げ槍と化して、鹿之介の胸先に飛来した。

陣九郎の太刀槍の先端をへし折った返す刀で、投げ槍をはね上げた。必中の射線を飛来した投げ槍は、鹿之介の返し技に阻止されて射線を変えた。

二段の必殺技を躱されて、陣九郎は動転した。だが、まだ彼の手には三段目の剣が残っている。間合いは互角である。

これからが本当の勝負だと陣九郎は一瞬の動転から立ち直り、構えを新たにしたとき、鹿之介にはね上げられた二段目の投げ槍が頭上から垂直に落下してきた。陣九郎が危険を察知したときは、自分が放った投げ槍によって脳天から垂直に串刺しにされていた。傷口が投げ槍に蓋をされた形で、陣九郎は血も噴かず、しばらくそのまま佇《ちょ》立《りっ》していた。

一瞬の間に連続した事態に、さすがの八剣もなにが起きたのかよくわからない。

「陣九郎は死んでおる」

永眠の言葉に、初めて八剣は陣九郎の死を知った。陣九郎はまだ立っている。

「その者にかまうな。花竜巻と月精を助けよ」

永眠は廊下の不穏な気配が気になっているようである。いや、永眠以上に鹿之介が気になっていた。

永眠は廓を借り切って罠を張っていた仕掛けの大きさを感じ取った。いまは仕掛けた相手と闘うよりは、家良を安全圏に移すことが急務であると判断した。

廊下の気配は、へたをすると脱出できなくなる虞を予告している。

闘いの場は寝間から廊下に移動した。

月精の犠牲を踏まえて無事に着地した花竜巻は、床に這ったるいの上に覆い被さった。るいを押さえ込んだかに見えた花竜巻は、次の瞬間、ぬるりとした感触を手におぼえて、るいの本体は抜けていた。

ぎょっとした花竜巻が慌ててるいの行方を探すと、頭上からはらりと羽衣が舞い降りて来た。羽衣は花竜巻にまつわりつき、振り払おうとするとますます粘着力を帯びて絡みついた。

束の間、生命の危険をおぼえた花竜巻は、るいの真似をして、羽衣を絡みつかせたまま廊下を転がった。

「秘剣花竜巻」

花竜巻は呼ばわると、床を転がりながら利き腕を宙に振った。彼女の手に剣は握られていないにもかかわらず、白刃が閃《ひらめ》くような閃光が迸り、空間に断層が生じた。その断層に身を置いた者は瞬時にして断ち斬られるような殺気が走った。

花竜巻に止めを刺そうとしていたるいは、身体をかすった殺気を危うく躱して、床に張りついた。同時に空間が軋《きし》めき、無数の目に見えぬ火花が充満したように感じられた。寒気と冷気の前線が衝突したかのように旋風が渦巻き、気圧が変動したように感じられた。破水が結界を張って、秘剣花竜巻に対応したのである。

立ち直ったるいは、花竜巻に異臭を放つ液体を浴びせかけた。うろたえた花竜巻は、体勢を立て直そうとしたが、床の摩擦力《グリップ》が失われ、手足が滑った。異臭を放つ液体は行灯の油であった。

そこに永眠と八剣の残りが殺到して来た。彼らは床に塗った油に足を取られて将棋倒しに転倒した。さすがに永眠は床の異変を察知して踏み止まった。

鹿之介に阻止され、遅ればせながら駆けつけた八剣の仲間に、花竜巻は危ういところを救われた。るいも家良を傷つけた後、花竜巻と月精の二人を相手に闘い、気力、体力共限界にきていた。

彼我廓内であることを考慮して、気配を殺して闘ってきたが、ようやく遊客たちが騒動に気づいて起き出してきた。

「退け。この場は退《ひ》け」

永眠は潮時と判断した。この仕掛けは大がかりで深い。仕掛けた敵の正体は不明である。このまま時を過ごせば、罠に深くはまって身動きつかなくなるかもしれない。

永眠はこれまでの刺客とは段ちがいの凄みと、大規模な罠を感じていた。

公儀の役人が出張って来て、苟《いや》しくも将軍の実子が吉原で花魁に刃傷され、騒動を起こしたと知っては、幕府の権威を失墜し、家良の身分も安泰ではすむまい。敵もそのことを計算に入れて、罠を仕掛けている。この場は罠に深く引きずり込まれる前に退くべきであると、冷静に状況判断した。

永眠と八剣は陣九郎の骸と、自力で歩けぬ月精を抱えると、波が退くように撤退した。

鹿之介も追撃しなかった。役人が出張って来ては、彼らにとっても都合が悪い。山羽三十二万石の継嗣が、家良暗殺の仕掛け人であり、吉原騒動の張本人であることが露見しては、山羽藩に累が及び、鹿之介の身分にもかかわる。彼我双方にとって退くべき潮時であった。

粘土の抵抗

家良とその護衛陣の受けた衝撃は深刻であった。軽傷ながら家良を傷つけられ、八剣のうち陣九郎を失い、月精は右足首を斬り落とされた。これまで無敵の螺旋道場の惨敗である。しかも、かなたの損害はまったくなさそうである。

永眠はこの度の刺客の正体について考えた。敵には恐るべき手並みの女忍《くノ一》がいる。全吉原を圧倒するような容姿をもって花魁に化け、褥に待ち伏せして家良を襲った。永眠が気づくのが一瞬遅ければ、家良は危なかった。

そして、月精、花竜巻を相手取り、月精の足首を斬り落として、花竜巻を追いつめた。永眠もあれほどの女忍《くノ一》に出遭ったのは初めてである。永眠と八剣を阻止して圧力を加えた浪人体も並の剣客ではなかった。

そのほかにも、永眠と八剣の力を合わせて、ようやく押し破ったほどの結界を張った者がいる。また吉原随一の大店「一文字屋」を駆使して罠を仕掛けた金力と影響力も並外れている。彼らは将軍の意を受けた幕府が派遣した刺客を上まわる実力を持っている。

（構えを改めなければならぬ）

と永眠は自分に言い聞かせた。

るいは家良暗殺にしくじったことを恥じていた。お家の危険を冒し、大金をかけ、長屋衆を総動員して吉原に仕掛けた大規模な罠を踏まえたにもかかわらず、家良に掠《かす》り傷を追わせたのみで取り逃がしてしまった。

さすがは螺旋永眠、その一声によって、入念に築き上げた罠を踏まえて振るった仕留めの一撃を躱されてしまった。女忍《くノ一》として、鹿之介以下、山羽藩、長屋衆、破水和尚などに向ける顔がない。

「るい、そちはよくやった。さすがはるいじゃ。公儀選り抜きの刺客陣を悉く返り討ちに仕留めた螺旋八剣中、一剣の足首を斬り落とし、家良に手負わせたことは見事というほかはない。恥じ入ることは少しもないぞ。家良以下、きゃつらの顔がおもい浮かぶわ。螺旋八剣の高慢ちきな鼻をへし折って痛快じゃ」

鹿之介は悦に入っていた。

長屋衆も家良を討ち洩《も》らしたものの、〝戦果〟に満足している。

だが、孤雲の評価は異なっている。

「舞い上がっている場合ではないぞ。初めて惨敗を喫した螺旋一味は、眦《まなじり》を決して報復して来るにちがいない。まず刺客の素性を探るであろう。るいほどの女忍《くノ一》はほかにはおらぬ。おれんが住まわっていた落葉長屋と鹿之介の関わりを突き止めれば、背後に控える山羽藩を探り出すは時間の問題である。近ごろ不穏な形勢にある隣藩立石藩と山羽藩両藩の紛争に発展すれば、山羽藩のお家の大事でもある。

だが、立石藩としても、隣藩との不仲が公になるのは好ましくあるまい。螺旋一味の水面下の暗躍が著しくなるであろう。敵も本腰を据えてくる。片時も油断すまいぞ」

と孤雲は戒めた。

本来であれば、三十二万石大身の後嗣ともあろう者が、外臣の通い枕の報復など論外である。ただ一人の外臣のために、身家を危うくする誹《そし》りを免れない。

だが、鹿之介は自ら求めて山羽家の継嗣になったわけではなく、宿命として押しつけられたのである。彼にとっておれんの命は、山羽藩と同等の価値を持っている。ただの殺され方ではない。家臣が腹を裂かれて金を詰め込まれたのである。おれんが山羽家の外臣であることを知っていて、これをなしたのであれば、山羽家を辱めたことになる。

家良がそれを知らずして行なったとしても、いずれそれを知れば、山羽家を嘲弄するであろう。

それでなくても藩境をしばしば侵し、我が領民に対して暴虐の振る舞いが多い。将軍実子として耐えている山羽藩の弱腰をよいことに、藩境を侵犯している。

鹿之介にしてみれば、おれんの報復だけではなく、山羽藩の面目をかけているつもりであった。

吉原の騒動は厳重な箝口令《かんこうれい》が布《し》かれたが、一般の遊客も目撃しており、とうてい口を閉ざしきれるものではない。上手の手から水が洩れるように、老中・榊意忠の耳に聞こえた。

（どら息子め、またやりおったか）

意忠は舌打ちした。いっそのこと、息の根を止められればよかったとおもったが、どうやら命拾いしたらしい。

吉原で家良を襲った刺客が、幕府が派遣した手でないことは明らかである。まだ噂の域で確認はされていないが、幕府派遣の影法師（隠密刺客）を相次いで返り討ちにした螺旋道場の護衛陣が、家良を護りきれなかったのみならずか、護衛陣の中にも被害が出たらしい。

ということは、家良を襲った刺客が影法師を超えることを意味する。そんな刺客が存在するか。意忠は吉原の騒動を耳にしたとき、まず驚嘆した。

意忠は直ちに噂の真偽を確認させた。そして、噂がほぼ事実であることを知った。

家良は軽傷ですんだが、螺旋道場の剣客中、一人を失い、一人は生命を取り留めたものの、戦闘能力を失う重傷。

だが、刺客の正体は不明である。

不明の刺客は超一流の凄腕であるだけではなく、吉原随一の大店を借り切って大規模な罠を仕掛けていた。その点にも、背後に大きな組織力と資金力を感じる。刺客は花魁に化けて床の中で待ち伏せしていたという。男にはできない芸当である。

しかも、吉原の誇る花魁たちを圧倒するような美形であったそうである。そんな刺客がいるか。

意忠には、一人だけ心当たりがある。山羽藩の後嗣となった熊谷改め、山羽鹿之介についている女忍《くノ一》である。名はるいと聞いた。

意忠はるいと顔を合わせたことはないが、絶世の美女ということである。藩主・正言との対面を阻むためにさし向けた影法師、選り抜きの刺客陣を孤雲、鹿之介と協力して悉く討ち果たした女忍《くノ一》である。彼女であれば、吉原で待ち伏せして、螺旋道場の剣客集団を打ち破るであろう。るいの背後には鹿之介と山羽藩がついている。

憶測であり、証拠はないが、彼らを吉原騒動の中心に据えると絵柄がぴたりとおさまる。

家良は将軍の鬼子である。この乱行、悪行は幕府の権威を失墜させ、押しつけ養子による幕府の大名運営政策に支障を来す。

この度の吉原騒動は幕府の鬼子退治を援護射撃した形であるが、その仕掛け人が山羽藩となると、事情は複雑である。

山羽藩は意忠の養子押しつけに失敗した相手である。その相手が将軍実子の襲撃の黒幕となると穏やかではない。山羽藩取り潰しの絶好の口実になりそうであるが、事はそれほど簡単ではない。山羽藩がこれだけの仕掛けをしたからには、相応の安全工作をしているにちがいない。

山羽藩の安全保障として、意忠には一点、おもい当たる節がある。

意忠の資金源である政商・若狭屋升《ます》右衛門《えもん》が、かつての「生類憐《しょうるいあわれ》みの令」を発した権僧・隆光《りゅうこう》の後裔・隆元《りゅうげん》と結び、金福教《こんぷくきょう》の拠点とすべく落葉長屋の敷地の買い占めを図った。だが、落葉長屋に拒否され、妖狐《おとか》一味を雇い、長屋ごと焼却しようとして失敗した。

意忠は奉行所に圧力をかけ、事件の真相は揉み消したが、この件に関して、若狭屋とのつながりを追及されると面倒である。江戸市中の長屋の焼き払いに、老中筆頭の意忠が関わっていたとなると、彼の幕政壟断を快くおもっていない反対勢力が一斉に糾弾の火の手を上げるであろう。

幕府第一等の権勢者であるだけに、意忠に対する反感は大きい。権力のバランスは微妙である。いかに強大な権勢を誇っていても、バランスが崩れれば主客一挙に逆転してしまう。落葉長屋の焼き払い工作は、榊意忠の弱みとなっている。

鹿之介とるいが一時、落葉長屋に潜伏していたことは、意忠も知っている。長屋焼却隊を撃退したときも鹿之介が指揮を執っていた。

ましてや、吉原騒動の仕掛け人は幕府の政策に適《かな》っている。噂を耳にした幕閣も、内心、快哉を叫んでいる。意忠は山羽藩にへたに手を出せない立場にいた。

意忠は吉原騒動後の幕閣の心証を敏感に察知した。そして、この件に関しては立ち入らぬことにした。


鯨井半蔵《くじらいはんぞう》は吉原騒動を耳にしたとき、直ちに鹿之介、るい、長屋衆の仕掛けと察知した。

おれんが家良に呼ばれて腹を裂かれ、二百両詰め込まれて返されて来たという噂は、すでに半蔵の耳に入っている。外臣・おれんを殺された鹿之介と長屋衆の報復にちがいない。

本来なら、吉原全体が引っくり返るような大騒動であるはずである。半蔵は逸速く吉原に出張ったが、大騒動のわりには噂がささやかれているだけで、落ち着いていた。

一文字屋のその場に居合わせた花魁、遣手、新造、芸者、幇間、禿《かむろ》、若い者なども、騒動そのものは目撃していない。ただ彼らは、名代の花魁と芸者や仲居に初顔がいたと証言した。芸者や仲居は初顔がいても不思議はないが、初顔の花魁はない。おそらく楼主が仕掛けに一枚加わっているはずであるが、その口は堅かった。

楼主の一文字屋清兵衛は敵娼をお殿様自身が同伴したと言い張った。吉原に敵娼の同伴とは前代未聞であるが、将軍実子としての親の七光と金を積めば、できない相談ではなさそうである。

今回の騒動については、不思議に上から圧力がかからない。吟味したければ自由にしろという姿勢である。だからといって、奉行所が吟味に熱心なわけではない。吉原の被害はなく、死者も確認されたわけではない。

半蔵も仕掛け人が鹿之介や長屋衆と見当をつけても、それ以上の詮索はやめた。半蔵自身が暴虐の家良が襲われたことを痛快におもっている。

むしろ、彼は家良の報復を恐れていた。家良以下、螺旋道場の剣客集団がこのまま尾を巻いて黙っているはずがない。彼らが刺客人の素性を知れば、熾烈な報復を始めるであろう。これに鹿之介やるいや長屋衆がどう対応するか。鹿之介はいまや三十二万石の後嗣である。軽率な行動を慎むべきである。

もともと吉原騒動の仕掛けそのものが、半蔵の目から見れば、鹿之介の身分として軽率である。だが、それだけ鹿之介が長屋衆を大切にしていることがわかる。なんの三十二万石、長屋衆を取るという心意気であろう。半蔵は心情的には鹿之介を応援していた。

吉原で事情を聴いた後、落葉長屋にまわった。長屋衆はまだ興奮していた。彼らの様子を見れば、問わず語りに吉原騒動の役者であることを物語っている。

「ははあん、先夜の吉原《なか》の騒ぎは、おめえたちが張本だな」

半蔵が誘導《かま》をかけると、

「知らねえ。おれたちはなんも知らねえ。どだい、吉原《なか》なんて行ったこともねえやな」

ととぼけたが、

「そういうおめえらの面《つら》を鏡で見てみな。面《つら》にちゃんと書いてあらあな」

「旦那、私《あつし》ら、目に一丁字もねえ（文盲）んで」

と切り返すのに、

「おきやがれ。一丁字もねえやつらが、瓦版を書いて配っているのはどういうわけでえ。それに耳の早《はえ》え文蔵が、吉原《なか》の騒動についてなにも書いていねえ。おれんの仇討ちを見て見ぬふり、聞いて聞かぬふり、やってやらぬふりたあ、瓦版屋の風上にも置けねえんじゃねえのか」

「へえ、そいつが字をすっかり忘れちまったんで、自（字）業自得、自（字）信がありやせんや」

「ばかやろう。洒落てる場合か。まあいい。てめえたちの仕業ってえことはわかってる。目こぼしをしてるわけじゃねえぞ。よくやったとも言わねえ」

「さすがは旦那だ。落葉長屋の自（字）慢だよ」

「まだ言ってやがる。口のへらねえ野郎だ」

さすがの半蔵も呆れた顔になった。長屋衆に、家良の報復に厳重警戒するようにと警告しておいた。

螺旋永眠は家良を怨んでいる者に注目した。家良を怨む者はゴマンといる。だが、吉原を舞台にあれほど壮大な罠を張り、凄腕の刺客を揃えている者は限られてくる。

永眠は家良の過去の被害者、それも新しい順に目をつけた。古い怨みは風化する。被害者が怨みを忘れたり、死んでしまう場合もある。

最新の被害者では通い枕がいた。おれんの住所を調べた永眠は愕然とした。落葉長屋である。その長屋に隣藩・山羽藩後嗣鹿之介が一時、世を忍んで住んでいたことは永眠も知っている。

同じ長屋の住人・おれんを家良は弄んだ末、腹を裂き、臓物をくり抜いて二百両を詰め込んだ。

「通い枕風情に二百両は身に過ぎた香典である。不服はあるまい」

と家良はおれんの骸《むくろ》を長屋に返す際にうそぶいた。永眠自身が彼の暴虐ぶりに驚いたほどである。永眠はおれんの生前の住所を知った瞬間、吉原の仕掛け人の正体を悟った。

鹿之介であればうなずける。背後に山羽藩が控え、鹿之介自身が稀代の剣客、熊谷孤雲仕込みの剣客である。

そして、孤雲流忍法の奥義を究めたるいという絶世の女忍《くノ一》がついている。八剣中、二人を相手にして、月精を剣客として生涯無能力にし、花竜巻を追いつめた。一同が束になってかかっても、渡り合える端倪《たんげい》すべからざる女忍《くノ一》である。

しかも、いかに金石の男であろうと、蕩《とろ》かすような絶世の美女である。永眠自身がるいと向かい合ったとき、年甲斐もなく吹きつける艶色におもわずくらくらとしたほどであった。家良もその色気に当てられたのであろう。

永眠は、るいこそ最も恐るべき敵と睨んだ。永眠は月精を除く六剣に、密かに落葉長屋を探るように命じた。長屋の住人の中に、騒動当夜、吉原で見かけた顔が一人でもいれば、永眠の推測は的中したことになる。

間もなく法雨五右衛門と直里半兵衛が報告にきた。

「きゃつらの仕掛けにまちがいございませぬ。当夜、一文字屋の座敷に居合わせた芸者、幇間、仲居、牛太郎の中に、長屋の住人が確かにおりました」

「しかと相違ないか」

永眠は念を押した。

「しかとこの目で確かめてまいりました。芸者は夢夜叉という白拍子、幇間は南無左衛門という旅絵師、仲居は住人ではございませぬが、みねというよく長屋に出入りしている女、牛太郎は蚊帳売りの清三郎や弥蔵という弓師でござる」

「よく確かめた。きゃつら、町人と侮るでないぞ。すでに群盗・妖狐一味や、公儀隠密・影法師と闘い、打ち破っておる」

「侮ってはおりませぬが、我らを牙の抜けた公儀隠密や夜盗づれと一緒にしてほしくありませぬな」

法雨五右衛門が直里半兵衛と顔を見合わせてふてぶてしく笑った。


「来ている」

蜉蝣は異常な聴覚の持ち主である。鹿之介に救われたときは、久しぶりに女体に埋もれ、昏睡していたために不覚をとったが、目を覚ましていれば、彼の聴覚は遠方に及ぶ。蜉蝣の羽音まで聞き分ける。

「なにが来た」

猫目が問うた。

「長屋衆でないことは確かだ。気配を殺しているが、おれの耳は騙せぬ」

蜉蝣が言った。

「意外に早く嗅ぎつけたな」

庄内が言った。もちろん招かれざる客は螺旋道場を意味している。吉原騒動の後、鹿之介とるいは藩邸に帰っている。異変の際、狼煙《のろし》を上げて知らせる手筈になっているが、鹿之介とるいが駆けつけるまでは、長屋衆だけで保《も》ちこたえなければならない。

家良と螺旋道場が落葉長屋を嗅ぎつけるのは時間の問題と覚悟していたが、意外に早かった。落葉長屋ではすでにこのことを覚悟していて、女・子供、老人を避難所に入れ、戦闘要員を配置につけた。

「皆の衆、よく聞け。今度の相手はこれまでの敵とはちがうぞ。やつらはすでに仲間をわしらに討たれている。頼み人に頼まれたのでもなく、金品目当てでもない。やつら、わしらを鏖《みなごろし》にしようとしている。敵は悪名高い螺旋道場の凄腕ばかりだ。愛宕《あたご》下から若君やおるいさんが駆けつけて来るまで、どんなに急いでも半刻近くはかかる。その間、わしらだけで保ちこたえなければ、女・子供、年寄りも殺されてしまうぞ。褌《ふんどし》を締め直してかかれ」

庄内が長屋衆一同に発破をかけた。すかさず、

「女はなにを締めるんで」

と声が返された。

「ばか。洒落てる場合か」

庄内は叱ったが、苦笑した。この余裕があれば、なんとか保ちこたえられるのではないかと一縷《いちる》の望みを持った。

「蜉蝣、敵は何人だ」

南無左衛門が問うた。

「おおよそ六人か七人……いや、もう少しいるかも」

蜉蝣が答えた。

「八剣中一人を失い、一人は自力で動けないはずであるから、七人来れば、螺旋永眠以下六剣が総出ということになる。もしかすると、家良自身も来るかもしれない」

「離れるな。みんな固まって闘え。一人になれば必ず食われる。敵を人間とおもうな。鬼か悪魔だ。この金を持って闘え」

庄内は長屋衆一人一人に数枚ずつ小判を分けあたえた。言わずと知れたおれんの腹中に詰められていた小判である。一同は奮い立った。おれんの怨みを背負い、彼女の霊が護ってくれるような気がした。

一方では、薬師の百蔵が打ち上げた狼煙を、愛宕下の山羽藩上屋敷ではるいが認識していた。眠っていても、忍者は常に意識の一部が醒めている。

直ちに鹿之介に報告すると、

「私は一足先に長屋に駆けつけます。おそらく螺旋道場一味は私どもが駆けつける前に総力を挙げて長屋衆を鏖にしようとするでしょう。きゃつらの真の狙いは兄君にございます。長屋衆は兄君を誘い出す囮です。途上、永眠自ら、兄君を待ち伏せしているとおもいます。兄君は動いてはなりませぬ」

るいは言った。

「なにを申すか。我が家臣が鏖の危険にさらされているとき、わしがのうのうと藩邸で眠っていられるとおもうか。そなたいま、一足先に駆けつけると言ったではないか。それはわしに後から来いという意味であろう」

「言葉の弾みです。ただいまこのようなことを言い争っている閑《ひま》はございませぬ」

「ならば、わしも行くぞ」

「やむを得ませぬ。兄君は馬を召しませ」

るいは初めから鹿之介が屋敷に留まるとはおもっていなかったようである。

早速、戦闘馬が引き出された。泰平無事の世に馬を飼っている大名は少ない。飼っていても、大名行列用の装飾馬である。戦闘馬を鹿之介とるい以外に乗りこなせる者はいない。

「るい、一緒に乗れ」

「私は走ります。二人乗っては、馬が疲れます」

るいは馬よりも速く、永代寺《えいたいじ》門前の長屋まで走り通せる自信があるのであろう。

螺旋道場一味は二人一組、三方向に分かれて仕掛けて来た。長屋衆の兵力を分散させる狙いである。彼らの姿を夜目の利く猫目が逸速くとらえていた。螺旋道場一味も姿を隠そうとはしない。

折から上弦の月が、夜を跳梁する一味の影を物の怪のように浮かび上がらせた。それを狙って矢が射込まれた。息継ぐ間もなく連射される矢を悉く払い落とした一味は、射点を確認していた。

「そこだ」

法雨五右衛門の一声と共に、長屋の戸が蹴破られた。だが、攻め口から突入しない。弓師の弥蔵が矢をつがえ、弦を引き絞り、鏃《やじり》を向けた先に動く者の影はなく、月光が弾んでいるだけである。

　待つことしばし。しかし、せっかく開いた長屋への攻め口が虚しく遊休している。弥蔵が首をかしげかけたとき、天井に穴が開き、黒い影が落下してきた。いつの間にか頭上が切り破られていた。弥蔵が慌てて鏃を向け変えようとしたとき、黒影は落下の加速度をつけて弥蔵に斬りかかった。

　弥蔵と共にいた畳刺しの政次郎が、畳針を投げようとしたとき、落下する黒影が二つに割れ、政次郎の首は宙に飛んでいた。

　政次郎の目はまだ生きていて、敵影を認識している間に首から上を失い離断された身体は血を噴く肉塊と化していた。

　まだ死んだ意識もないまま佇立している政次郎の骸を蹴倒した法雨五右衛門と銭洗軍記は、新たな敵を求めて走っていた。

「前方に糸」

了戒に背負われた月精が叫んだ。知らずに走り過ぎれば、身体を切断される。糸師の長四郎が張った透明、強靭な天蚕糸《てぐす》である。

動けぬとおもわれた月精が、了戒に背負われて出て来た。自分の足を斬り落とした怨みを報ずるまでは、一人無為に座してはおられぬと、怪力・了戒の背に乗って出て来たのである。

月精は月光の下に本領を発揮する。逸速く月光に光る透明な天蚕糸を月精は見破った。

「姑息《こそく》な真似を」

了戒がぼんと振り下ろした剛刀のもと、天蚕糸はぷつりと断ち切られた。天蚕糸は長屋への動線、至るところに張られている。

「そこ、そことそこ、こちらにもある」

だが、月精は月光の下、天蚕糸を悉く発見して、了戒に指示した。必殺の阻止線をあっという間に無力化されて、長四郎はうろたえた。長四郎自身は武器を持っていない。

長四郎を援護した歯磨き売りの与作が投げた唐がらし入りの歯洗（歯磨き粉）を身

に浴びて、束の間、視力を失った了戒を、

「前方十五尺、右二尺、高さ三尺五寸」

と月精が背中から誘導した。了戒は誘導通りに動いて、剛刀が旋回した。

援護に当たった与作が、長四郎を突き飛ばした。転倒した長四郎を地上で待ち伏せしていたものがあった。追撃した了戒の剛刀は空を切ったが、月精が地上にまいた撒き菱が牙を剝《む》いて待ち伏せていた。鋲に身体を縫われた長四郎が悲鳴をあげる間もなく、月精に導かれて追撃して来た了戒の象のような足によって踏みにじられた。

了戒の巨体と、月精の体重を合わせた重量を加えられた二人は、ダンプに轢《ひ》かれたかのように無惨に踏みつぶされた。

螺旋道場一味は防鋲の沓《くつ》を履いている。与作と長四郎を一挙に踏みつぶした了戒は、その間に視力を回復していた。

あっという間に四人の長屋衆を屠《ほふ》られた長屋勢は啞然とした。四人は長屋衆の最精鋭である。それを螺旋道場一味は赤子の手をひねるように葬り去ってしまった。長屋衆は戦慄した。敵はいずれも圧倒的な破壊力の持ち主である。

庄内は、闘ってもとうてい勝ち目はないと判断した。この上は籠城して、ひたすら守りを固め、援軍の到着を待つのみである。

庄内は長屋衆全員を自分の家に集めた。庄内の自宅は大工の組太郎が細工師の三太と協力して要塞のように強化されている。前回、戦闘員と離して稲荷社《やしろ》の地下に非戦闘員を避難させたところ、無防備《ガードレス》を衝かれた轍《てつ》に懲りて、非戦闘員も庄内の家に集めた。非戦闘員を護衛できると同時に、全員殲滅《せんめつ》される危険もある。

七剣は庄内の家を取り囲んだ。長四郎と与作を屠った長屋のように、屋根を切り破ることはできない。

「押し破れ」

法雨五右衛門が命じた。わずかな突破口でも開けられれば、あとは一瀉千里、女・子供、老人も容赦せず鏖にする。

法雨の一声と共に、怪力・了戒が月精を背から下ろして、用意して来た掛矢《かけや》（大槌）を振り上げた。残りの六剣が力を合わせて、正面大戸に揺さぶりをかける。了戒が掛矢を振るう度に大戸が軋み、破片が飛び散る。

そのとき七剣の中央が炸裂した。薬師の百蔵が工夫した爆薬を投げつけたのである。

だが、炸裂は小規模であった。長屋衆に薬師の爆薬があることを知っていた銭洗軍記が、投擲《とうてき》された爆薬を厚手の綿袋で受けていたのである。

つづけて数個、爆薬は投擲されたが、悉く受け止められてしまった。

百蔵の爆薬は長屋衆が用意した最終最強の武器であった。これを躱された長屋衆は、いまや絶体絶命の窮地に追いつめられた。大戸はいまにも破られそうである。七剣は長屋衆の手の内をすべて調べ上げているようである。

（若君、おるいさん、早く来てくれ）

長屋衆にできることは祈るだけである。せめて破水が駆けつけてくれれば結界を張ってくれるであろう。

破水の方が距離的には近いところにいるが、いまだに気配のないところを見ると、狼煙に気づいていない可能性が高い。

このとき鹿之介は両国橋にさしかかっていた。疾駆する軍馬の前足が突然、橋板から薙《な》ぎ上げられた。一瞬、馬の前足が斬り落とされたかに見えたが、馬は空中に跳躍して、下から突き出された剣尖を飛び越えた。

弧を描くようにして橋板に着地した馬の前に、うっそりと立った黒い影がある。馬はたたらを踏んだ。凄まじい剣気を感じ取った鹿之介が手綱を引いたのである。

「熊谷改め山羽鹿之介殿、お待ち申し上げていた」

　黒い影は言った。

「螺旋永眠だな。さすがだ。長屋に最も近い両国橋を渡らず、永代橋を渡るであろうと見込むところを、その裏の裏をかき、やはり両国橋で待ち伏せておったか」

　鹿之介が馬上から言った。

「勘に従ったまででござる。いざ見参」

　永眠はまだ懐手をしたままである。その懐中にどんな武器が潜んでいるか不気味であった。鹿之介が生まれて初めて恐怖をおぼえた。人間ではなく、あやかしと向かい合っているような気がした。

　足をめぐらして逃げ出したくなった。束の間、救いを求めている長屋衆の顔も、恐怖に圧倒されて霞んだ。

　そのとき鹿之介と永眠の間に割って入った小柄な影があった。息も乱さず、るいが平常の声で、

「兄君、ここは私に任せて、長屋にお急ぎください」

と言った。

「やはり来たか。馬並みに走るとは、さすがじゃ。望むところ」

永眠が薄く笑ったようである。

「るい。気をつけよ、そやつ、尋常の者ではないぞ」

鹿之介が馬上から呼びかけた。

「ご案じ召さるな。さ、兄君は一刻も早く長屋に」

るいに督《とく》されて、鹿之介は心を残しながらも馬腹を蹴った。さすがの永眠もるいと向かい合っていては、鹿之介を阻止する余力がないらしい。

「小癪《こしゃく》なり、女狐め」

永眠が懐中から両手を引き抜いた。左手を宙にかざすと同時に、右手から閃光が迸った。永眠は左手にかざした光源を、右手に持った鏡に反射させているらしい。光源を鏡に吸い集め、超人的な念力を込めて反射しているようである。その光波は熱を感知して、追跡する誘導ミサイルのように執拗にるいを追いかけて来る。その光波に捕捉されたとき、るいは命を失う。

光波がるいの面を直射する瞬前に、凄まじい殺気を感知したるいは、宙に跳躍していた。人間と光のチェイスである。

　るいは逃げまわるのに精一杯で、反撃できない。光がるいを捕らえる直前、るいは危うく橋の欄干の陰に身を隠した。永眠の放つ光波を受けた欄干が吹き飛んだ。欄干の破片がるいの身体に降りかかった。欄干を直撃した光波は、一瞬、その凄まじい破壊力《エネルギー》を消費した。

　その瞬隙をとらえたるいは手裏剣を投げ返した。必発必中の手裏剣は永眠が左手にかざした光源に命中した。光源を失った永眠の右手から光波が消えた。

「見事じゃ。聞きしに勝る女忍《くノ一》。だが、いつも夜とは限らん」

　永眠は口中でふぉふぉと笑うと、闇に同化したかのように姿を消した。

　永眠の光波をしのいだるいは追跡する余力を失っていた。たとえ余力があっても、追跡には使えない。鹿之介と長屋衆が気になる。永眠も長屋に走っているにちがいない。るいは永眠との闘いに消耗した心身に鞭打《むちう》って、長屋に走った。

　七剣は勢いに乗って一気に網を引き絞ってきた。分散していた兵力を集めて、庄内の家の表に切り破った突破口から一挙に押し込もうとした直前、背後に馬蹄が響いて、七剣は振り返った。そこに風を巻き、人馬一体となった黒い影が飛び込んで来た。

総攻め直前に、庄内の家の前に一団となっていた七剣は、鹿之介の馬蹄に蹴散らされたように散った。馬蹄にかけられなかったのはさすがである。

「若君が駆けつけてくださったぞ」

屋内に立てこもっていた長屋衆一同は息を吹き返した。

「うろたえるな。敵は一騎だ。了戒、月精、半兵衛、無人は馬に当たれ。軍記と花竜巻はおれにつづけ」

その場の指揮を執っていた法雨五右衛門が命じた。

「そうはさせぬ」

頭上に声があり、七剣は驟雨《しゅうう》のような音と共に異臭を放つ液体を浴びせかけられた。

見上げると、屋根の上から竜吐水の筒先が向けられて放水している。

七剣の身体が粘った。七剣は異臭を放つ液体が油であることを悟った。屋根の上の人影が松明《たいまつ》を振りかざした。るいであった。

「きさまら、一人たりとも生きてこの長屋から出られるとおもうな。長屋衆の仇、たっぷりと支払ってもらう」

るいは松明を投擲する構えに入った。るいの恐るべき意図を察して、さしもの七剣も浮足立った。

「投げられるものなら投げてみろ。長屋中が火の海になるぞ」

法雨五右衛門が落ち着いた声音を投げ返した。

「長屋には防火の処置が施してある。長屋に火が移る前に、きさまら、焼き芋のように積み重なっておるわ」

と切り返すと同時に、松明が投げ下ろされた。七剣はぎょっとなった。一拍早く、鹿之介を乗せた馬は、そこから離れている。さしもの七剣も、るいが自ら長屋に火を放つとは予想もしていなかった。

地上に落ちた松明は火の手が砕け、横に広がり、火の粉を散らした。

「うろたえるな。さしたる火ではない」

さすがに法雨五右衛門は火の勢いが弱いことを見破った。浴びせかけられた粘液は引火性が弱い。火は恫喝のための小道具であり、真に恐るべきものはその後から来た。

るいに率いられた数人の長屋衆が手に手に持った小袋を投げつけた。小袋は七剣の身体に当たり、足許に落ちて炸裂し、夜目にも白い粉が舞い上がった。目潰し、もしくは催涙性の粉薬とおもいきや、粉は、ようやく広がりかけた火の手を消した。

七剣たちは身体が異常に重くなったのを感じた。足が地に張りついたようになり、手がおもうように動かない。全身に鉛を詰め込まれたようになった。

七剣が、粘液に白い粉を混合すると速やかに接着力が増すことに気がついたとき、屋根の上からるいが怪鳥《けちょう》のように飛び下りた。

着地直前、月精を背負って、それでなくても動きが鈍っている了戒の頭頂から、重力の加速度をかけたるいの忍者刀が垂直に斬り下ろされた。剣尖はさらに月精の眉間から鼻柱を経て乳にまで達した。

地上に達したるいが、他の敵に剣を振り向けたとき、馬に跨《また》がった鹿之介が駆けつけて、馬上から粘液に接着されて身動きができなくなっている七剣を斬り下ろした。

盛り返す勢いに乗った長屋衆が家の中から飛び出してきた。

そのとき闇の奥からきらりと閃光が走った。

「危ない！　伏せて」

閃光の恐ろしい正体を知っているるいが呼ばわったとき、先頭に飛び出した駕籠屋の八兵衛が宙に吹き飛ばされ粉砕した。永眠が馳せ参じたのである。

地上に燃え残っている火を反射して、彼の光波はますます破壊力が強くなっているようである。るいは先刻、永眠と向かい合ったとき、彼の捨て台詞をおもいだした。

「次は陽の光の下でまみえよう」

消え残った火の反射でこれだけの破壊力を持つ永眠の光波が、太陽の光を反射したら、どんな凄まじい衝撃波となるか。想像するだにぞっとする。

「退け。これまで。みな退け」

永眠が呼ばわった。永眠の援護を受けて、残った五剣は了戒の死体と動けぬ月精を担いで撤退した。

「追うな」

鹿之介が長屋衆を制止した。追えば永眠の光波を受けて、さらに被害が増える。

七剣はるいによって了戒を討たれ、月精の生死は不明である。たかをくって攻めかけて来た七剣にとって、深刻な損害《ダメージ》である。

だが、鹿之介とるいの救援が際どいところで間に合い、長屋衆は殲滅を免れた。与作、長四郎、政次郎、八兵衛の四人を失ったが、弥蔵は安針の手当てを受けており、傷は見かけよりも深刻でなさそうである。

油売りの滑平が薬師の百蔵と共同で考案した、混合すると強い接着力を生ずる油と特殊な粉末のおかげで七剣を撃退したが、甚大な損害を被った。

さすがは螺旋道場、るいが駆けつける前に、長屋衆が張りめぐらした障壁《バリア》を苦もなく突破して、四人を屠《ほふ》った。

これまで連戦連勝にいささか驕っていた長屋衆は、四人を一挙に葬り去られて心身共に強い衝撃を受けていた。能天気で底抜けに明るい長屋衆も、七剣の破壊力に震え上がった。

螺旋道場一味が立ち去った後、ようやく破水とみねが駆けつけて来た。

「喧嘩すぎての棒ちぎれ。まことに合わす顔もない。こぞが枕許でしきりに鳴くので目が覚めた。もしや長屋に異変と駆けつけてまいったが、いや、まことになんとも合わす顔がない」

破水は長屋衆の前に平身低頭した。彼の背後でおみねが俯《うつむ》いている。長屋衆は、はは一んと察するところがあった。長屋衆に蜉蝣と猫目のがんまくが加わったので、狼煙に気づかなかった場合に備えて、猫のこぞを連れ帰っていたが、こぞはきっと狼煙を打ち上げると同時に知らせていたにちがいない。

「和尚さん、そのときなにをしていたんだね」

庄内が意地悪く問うた。

「いや、それを聞かれると、まことになんとも面目ない」

破水はまた低頭した。おみねが顔を赤く染めている。二人の様子に、これまで落ち込んでいた長屋衆がどっと笑った。

「和尚さん、こぞは狼煙に気づいたのではなくて、二人に妬《や》いたのかもしれねえよ」

と隠居の善九郎が冷やかした。

「ご隠居、もう勘弁してくれ」

破水は暑くもないのに、汗をしきりに拭いた。

「ともかく和尚さんが駆けつけてくれたんだ。とりあえずお経をあげてもらおう」

庄内が言った。

鹿之介はこの度の闘いは互角と判断した。我が方は四人を失い、安針の手当てがよろしく、弥蔵は生命を取り留めた。

素人の長屋衆は、鹿之介とるいの救援を受けたものの、その知恵と、それぞれの特技を集めて、天下無敵の悪名高い螺旋道場一味と真っ向から対決し、一人を葬り、もう一人に生死不明の重傷を負わせた。見事な闘いぶりといってよいであろう。そして四人の長屋衆の犠牲を踏まえて、彼らの結束はますます強くなった。

「螺旋道場許すべからず」は長屋衆の合い言葉《キーワード》となった。

螺旋道場の真の狙いは鹿之介にある。長屋は鹿之介を誘い出すための餌であった。つまり、長屋衆は鹿之介の犠牲となったのである。このことを真摯に受け止めなければなるまい。

螺旋道場一味の受けた衝撃は深刻であるはずである。天下無敵を誇った八剣が、すでに二人討たれ、一人は生死不明である。しかも彼らが護衛する家良は浅傷《あさで》ながら斬られた。螺旋道場の面目丸潰れである。

次は本気で仕掛けて来るであろう。螺旋道場を本気で怒らせてしまったと、螺旋道場側はおもっているにちがいないが、本気で怒ったのは我が方である。

鹿之介以下、長屋衆は家良と螺旋永眠および、八剣の最後の一人を仕留めるまでは、彼らを決して許さない。向こうが将軍実子と螺旋道場の面目をかけているのであれば、我が方は人間の誇りと主従の絆をかけている。

後嗣決定前、お家騒動から避難した鹿之介と、彼をかくまい刺客集団や妖狐一味と闘った長屋衆との絆は切っても切れない。そして、いまも共に闘っている。

　鹿之介は四人の長屋衆を準藩葬をもって弔った。藩葬にしたいところであるが、後嗣の身が市中に住む外臣の死に藩葬を挙げることはできない。市中の寺で挙げた四人の葬儀には、孤雲も会葬した。

「天下泰平の世に、武士も及ばぬ壮烈な死じゃ。武士たる者、かく仕舞《しま》い（死に）たいものよ」

　と孤雲は彼らの死を称《たた》えた。

　葬儀には噂を伝え聞いた町民が数多く集まり、焼香の列は延々とつづいた。いつ果てるとも知れぬ葬列の前で、破水の読経が流れる。

　会葬者に紛れて幕閣の手の者が密かに様子を見に来ている。奉行所から鯨井半蔵が手下を率いて、密かに警戒してくれている。いかに家良が無謀であっても、幕閣や、奉行所の目が光っている山羽三十二万石の準藩葬を襲うような愚は犯すまい。

　おそらく江戸の歴史始まって以来の落ちこぼれ長屋衆を弔う盛大な葬儀であった。葬儀は無事に終わった。

長屋の住人の一人である娼婦の腹を裂いて金を詰めて返した将軍実子の悪評は、すでに公知の事実となっている。娼婦の報復のために長屋衆が一致団結して、家良とその用心棒・螺旋道場一味に闘いを挑んでいることが、江戸っ子たちの溜飲を下げ、広く共感を集めていた。

幕府は不介入の姿勢を取っている。将軍の出来の悪い落とし子の乱行に耐えかね、刺客を派遣して暗殺に失敗した幕府は、不介入の姿勢を取らざるを得ない。

葬儀が終わり、事後処理、一種の戦後処理が片づいた後、鹿之介を中心に、るい、孤雲、破水、庄内、長屋衆の戦闘要員が集まって、今後の対策を協議した。

「この度の螺旋道場一味との闘いは一応引き分けたが、螺旋一味にとっては長屋衆を相手に二剣を失い、一剣は生死不明の重傷を負い、惨敗と認識しているにちがいない。きゃつらがこのまま引き下がるはずはない。必ずまた襲って来るにちがいない。長屋衆からこれ以上の犠牲者を出してならぬ。今後、いかに螺旋一味に対応すべきか話し合いたい」

まず鹿之介が口火を切った。大家の庄内が最初に口を開いた。

「若君は引き分けたと仰せられたが、若君とおるいさんの救援が間に合わなかったならば、長屋衆は鏖にされるところであった。長屋の防備をいかに固めたところで、螺旋一味に対しては無力であることがはっきりした。再度、螺旋一味に襲われれば、政次郎、与作、八兵衛、長四郎を失い、弥蔵はまだ戦列に復帰できず、長屋の戦力はそれでなくても落ちている。とうてい勝ち目はないとおもいますが」

それは長屋衆すべての者がおもっていることであった。

だが、山羽藩の後嗣が長屋に常住するわけにはいかない。そんなことをすれば家中が藩の行く末に不安を抱く。現在でも後嗣が外臣の一娼婦の仇を討つために危険を冒して行動していることが公になれば、家中の不安と、隠れている不平分子の謀叛の口火となるかもしれない。

「藩邸には祖父《じい》様もおられることですし、忠義の家士が兄君の周りを固めておりますゆえ、差し当たっての危険はございませぬ。私が当分の間、長屋に常駐してはいかがでしょうか」

とるいが申し出た。長屋衆はほっとしたような表情をした。るいが常駐してくれれば千人力である。

「拙僧も当座、みねとこぞを連れて常駐仕《つかまつ》ろう。なんせ檀家もいない破《や》れ寺であるから、なんの不都合もない」

つづいて破水が加わってきた。

るいと破水がついていてくれれば、螺旋一味といえども恐れるに足りない。長屋衆一同はほっとすると同時に、強気になった。

「和尚さんが来てくれるのは有り難いが、あまり昼日中から見せつけねえでおくんなさい」

魚屋の新吉が言ったので、一同がどっと沸いた。ようやく長屋衆本来の陽気が戻りつつあった。

「おや、拙僧がいつ見せつけたかな」

破水がとぼけた顔をした。

「現にいま、見せつけているじゃありやせんか」

すかさず油売りの滑平が、べったりと寄り添っている破水とおみねを指さした。

「これは見せつけているのではない。寒いので炬燵《こたつ》代わりじゃ」

「それはお熱うございます。そういうことを見せつけるというんですよ」

座は盛り上がり、長屋衆の地が出てきた。

「おるい、六剣もさることながら、螺旋永眠は人間ではないぞ。きゃつはあやかしじゃ。そなたはそのあやかしと闘って引き分けた。いずれは永眠と決着をつけねばなるまい。永眠に打ち勝つ方策はあるのか」

孤雲が、せっかく盛り上がった雰囲気に冷水をかけた。長屋衆も永眠の恐るべき光波を目《ま》の当たりにしている。

「ございませぬ。ただ一つわかっていることは、永眠に光源をあたえぬことにございます」

永眠は凄まじい念力の持ち主である。念力とは精神の集中力である。精神を一身に集めて事に当たれば、身体を動かさず、手も触れずに物体を動かすことができるといわれる。これを今風には観念動力《テレポーテーション》という。一念岩をも通すの諺《ことわざ》もあるように、念力の強い者は物体を遠隔操作《リモートコントロール》できる。

永眠はこの念力を凄まじい破壊力に変える。光源から反射した光に精神を集中して岩を通す。岩を人間や物体に置き換えれば、砲弾や爆薬並みの破壊力となる。しかも、狙いは極めて正確である。

短い時間であったが、永眠と闘って、るいはその凄まじさを体感した。一瞬、光源を消すのが遅れれば、るいの身体は永眠の光波を受けて木っ端みじんにされていたであろう。

「されど、光源は必ずあるぞ。夜であっても、月や星や灯火がある。永眠自身が光源を所持しているであろう。昼間となれば光源は無限である。わずかな光で、八兵衛を粉砕した永眠が、太陽を光源にすればどうなるか。おもうだに恐ろしいことよの」

「永眠にも必ず弱みがあります。その弱みを見つけます」

光源さえ奪ってしまえば、永眠はただの人間である。だが、どうやって光源を奪うか。るいはまだその方策を得ていない。

白昼の対決は絶対に避けるべきである。だが、永眠はるいを白昼引きずり出そうとするであろう。そもそも刺客は闇を好むものであるが、永眠は白昼において本領を発揮する。

るいが永眠と初めて対決したとき、夜間、両国橋にて待ち伏せしていたのは、るいの力量を測るためであったか、あるいは夜間でも充分に料理できると見くびっていたのか。そうだとすれば、彼の見くびりのおかげで、鹿之介とるいは命拾いしたことになる。

永眠はすでに吉原で鹿之介らと闘い、二人の力量を知っているはずである。やはり白昼、お膝下での騒動を憚《はばか》ってのことであろう。次はそうはいかぬ。永眠も二剣を失い、一剣に深傷《ふかで》を負わされている。もはや闇に隠れて姑息な手段を講ずる余裕はあるまい。永眠以下、螺旋道場の総力を挙げて襲ってくるであろう。

るいは体の芯から震えが湧いてくるのをおぼえた。武者震いである。女忍《くノ一》の生涯最強の敵に出会った武者震いであった。

「るい、震えておるな」

孤雲が炯々《けいけい》たる眼光を向けて言った。

「祖父様《じい》、見透かされましたか」

「よい。大いに震えよ。硬くなってはいかぬ。震えて心身を軟らかくせよ。おもう念力岩をも通すというが、硬い岩なればこそ念力を通す。軟らかいものには念力も弾みかえる。よいな。粘土のように心身を軟らかくして闘え」

孤雲は新弟子に諭すように言った。

「祖父様《じい》、ご教導かたじけのう存じます。お言葉通り、るいは粘土になります」

るいは孤雲の言葉に暗示をあたえられたような気がした。

硬くなってはいけない、心身を粘土のように軟らかく、頭脳柔軟にして闘う。おそらく永眠は自身の念力で倒せぬものはないと驕っているであろう。これまで連戦連勝、永眠の念力に屈さぬ者はなかった。念力を通さぬものはないと驕り高ぶっている。

るいは両国橋上の一瞬の対決であったが、永眠の光源を手裏剣で打ち落とした瞬間の彼の狼狽を感じ取っている。永眠はそれまで光源を消されたことがなかったのだ。その狼狽から立ち直れぬまま、闇に逃れたのである。

粘土になれ、と孤雲はおしえた。どのようにして心身を粘土にするか。それがるいの課題となった。

仏《ぶつ》刑《けい》

榊意忠は思案していた。近ごろどうも雲行きが怪しい。自分を取り巻く空気が面白くないのである。

上様のおぼえますますめでたく、一見、彼の権勢は幕閣第一等である。だが、意忠はあくまでも将軍の傘の下にある。彼の圧倒的な権勢もすべて上様から発している。もし、上様にもしものことがあれば、意忠の権勢は砂上の楼閣のように崩れてしまう。

意忠は幕政を牛耳ってはいても、絶対権力者ではない。最高権力者の将軍に寵任されているだけのことである。権力の交代時、最も権力に密着している者は失脚する。将軍が交代すれば、意忠は最も先に次代権力によって刈り取られてしまう。

いまのところ、ご当代の権勢に揺るぎはないが、押しつけ婿政策で諸大名の不満が蓄えられている。なにかのきっかけで不満の捌《は》け口を見つければ、休火山が噴火するように蓄積されていた諸大名の不満が一気に爆発するであろう。

上様が刺客をさし向けて家良の暗殺を謀ったのも、諸大名の不満を感じ取ったからである。

もともと将軍落とし胤の押しつけ婿政策は意忠の発案であった。当初は諸大名の勢力を押しつけ婿によって減殺することに役立っていたが、深部に蓄えられた諸大名の不満のマグマが、巨大なエネルギーとなって噴出口を求めている不気味な胎動が感じられるようになった。

家良暗殺の刺客の派遣も、将軍の直命によるものである。この件に関しては意忠は完全な蚊帳の外に置かれていた。そのことも意忠の権勢を脅かす不安材料である。

将軍は明らかに意忠の幕政壟断を忌避し始めている。意忠は本能的にいやな気配を感じ取っていた。

（なんとかしなければならぬ）

へたに動けば、ますます流れを悪くしそうである。傍観していれば、もっと悪くなるであろう。

少なくとも将軍は意忠が進言した政策について疑いを抱いている。それが証拠に、意忠を蚊帳の外に置いて、鬼子の家良暗殺を企てている。つまり、家良に敵対している山羽鹿之介と落葉長屋衆は将軍の意に適《かな》っているということになる。この際、へたに鹿之介らに手を出せば、将軍の逆鱗に触れる虞《おそれ》がある。

だが、多年、山羽家のお家騒動を利用して、山羽家の乗っ取り、もしくは取り潰しを謀っていた意忠は、同家後嗣となった鹿之介の憎むべき敵であった。その敵性の看板をにわかに裏返しても、鹿之介が信用するはずがない。

このように流れを分析してくると、意忠の置かれている政治環境は容易ならないものであった。権勢というものは権力者の器量だけではなく、不可抗力的な流れの方角によって予断し難い動きを示す。主流が突然、傍流に転落し、傍流が突如、主流になったりする。個人の力ではどうにもならない流れである。

権力が流れに乗っている間は、それも実力のうちと驕っているが、いったん流れが悪い方角に向かうと、個人の力量を超える不可抗力が働く。権勢を上りつめた意忠には、流体ともいうべき権力の力学がわかるようになった。

広壮を誇る私邸の自室に閉じこもって沈思默考していた意忠は、ある人物をおもいだして、はたと膝を打った。

「隆元がおった」

隆元は、現在、急速に教勢を拡大している金福教の教祖であり、「生類憐みの令」の発案者、権僧・隆光の後裔である。

意忠は隆元を政治的に庇護してきた。その返礼として、隆元は意忠の主要資金源となった若狭屋を取り持った。ここに三者の政・財・教のトリオが完成して、意忠は権勢、若狭屋は商圏、隆元は教勢を拡大してきた。

いまや隆元は大奥にも入り込み、将軍の生母に取り入っている。現将軍はマザコンで、生母に頭が上がらない。

（なぜ、このことに早く気がつかなかったか）

意忠はいまの将軍の環境が、五代将軍・綱吉《つなよし》、生母・桂昌院《けいしょういん》、その寵僧・隆光、そして綱吉に寵信された側用人・柳沢吉保《やなぎさわよしやす》、彼と癒着していた政商・紀伊国屋文左衛門らの相関図と酷似していることを発見した。

当時、絶対的独裁者であった綱吉を操っていたのは桂昌院であり、その黒幕は隆光であった。つまり、これをいまに置き換えて、隆元を動かし生母に働きかければ、将軍をおもうがままに操れる。

そして、隆元は意忠の意のままになる。

宗教は不可抗力的な権力の流路を変える力を持っている。意忠は視野を塞いでいた厚い壁に窓が穿《うが》たれたような気がした。

隆元をして生母を動かし、将軍直裁をもって金福教の本拠用地として落葉長屋の敷地を接収してしまう。さすればうるさい長屋衆は離散し、鹿之介も家良、および螺旋一味と闘う拠点を失ってしまう。

意忠にとって鹿之介の動きは危険である。彼を藩邸に封じ込めてしまえば、意忠を取り巻く不穏な気配も鎮まるであろう。

　とにかく鹿之介の動きはうるさい。当初は意忠の眼中にもなかった陪臣のそのまた養子が、いつの間にかその存在を大きくして、意忠の視野に立ちふさがってきた。

　意忠は彼が本能的に敵性であることを察知した。単なる敵性ではない。意忠の野心を阻み、その権勢を覆しかねない恐るべき敵性である。

　だが、まさかこのような形で鹿之介の行動が、意忠の傘である将軍の御意に適うようになろうとは予想もしていなかった。

　意忠は早速隆元を呼んだ。そしてご生母に働きかけ、将軍の直命により落葉長屋の敷地を接収するように勧めた。

　隆元は喜んだ。

「それは名案でございます。実は、若狭屋に頼みましてな、長屋の敷地を買い取ろうとしたのですが、大家が頑強に居座り、手こずっておりました。我が教団の本拠地として、あの長屋の所在地はまことに理想的。なんとしても欲しいとおもっていたのですが、飴と鞭、金と力で押しても屈強な用心棒や女忍《くノ一》がいて動きませぬ。さしもの若狭屋も匙《さじ》を投げていたところです。上様御直命とあれば、頑固な長屋も居座れなくなります。こんなよい手があったことにもっと早く気がついていれば、面倒を省けました。早速、ご生母様におすがりしてみます」

隆元はすでに長屋の敷地を手に入れたかのように声を弾ませた。

彼が洩らした「面倒」という言葉は、妖狐一味や地取り屋を使っての飴と鞭の両面作戦のことであろう。意忠は若狭屋から詳しく報告を受けたわけではないが、薄々事情は察している。

意忠が市井の群盗と通じているとあっては、反対派に口実をあたえてしまう。若狭屋の傭兵が落葉長屋に勝手なことを仕掛けたとしても、意忠の関知しないことである。

これが将軍直命となると、落葉長屋や、これを応援する鹿之介らは、一挙にお上の敵性になってしまう。その意味でも、隆元から生母を経由しての将軍の遠隔操作は一挙退勢挽回の名案であった。

鯨井半蔵が庄内の家を人目を憚るようにして訪ねて来た。

「ちょっと奉行所まで顔を貸してくれ」

半蔵は庄内の顔を見るなり言った。

「奉行所から呼ばれるようなことは……」

「しているんじゃねえのかい。だがよ、今日のお呼び出しはお奉行よりもっと格が上の方らしいぜ」

半蔵は意味ありげに、にやりと笑った。

「お奉行より格が上の方、というと……」

「まあ、来てみりゃわからあな」

庄内は奉行所の呼び出しが尋常ならぬものであることを悟った。ありふれた呼び出しであれば、半蔵の手下が来る。半蔵自身がわざわざ足を運んで来た事実を見ても、奉行所で待っているという奉行より格上の人物が、庄内が足許にも寄れぬような人間であることがわかる。

半蔵に護送されるような形で奉行所に赴くと、奥まった部屋に通された。庄内が初めて足を踏み入れる場所である。

町人が奉行所に呼ばれるときは、お上の告示、通達が多いが、ほとんど吟味場の庭先に集められ、せいぜい与力上席が事務的に布達する。奉行が姿を見せることはめったにない。

庄内がかしこまって待つことしばし、与力二名と、奉行が先導して、見るからに威厳のある中年の武士が入って来た。眉毛が濃く、眼光鋭く、周囲を威圧する貫禄がある。半蔵の姿は見えない。庄内ははっと額を床にこすりつけた。

「落葉長屋の庄内をこれに控えさせてございます」

奉行直々に上格の武士に恭《うやうや》しく取り次いだ。上格の武士は鷹揚にうなずき、庄内に目を向けると、

「大儀である」

と声をかけた。庄内は平伏したまま面《おもて》を上げられない。面を上げるとよくないことが起こりそうな予感がした。

「面を上げよ」

その武士が言った。それでも庄内は額を床につけたままである。

「仰せである。面を上げよ」

かたわらから奉行が言葉を添えた。庄内がようやく面を上げると、武士は、

「人払いせよ」

と言った。

「下がってよい」

奉行が二人の上席与力を追い払った。だが、武士は黙したまま奉行に顎をしゃくった。奉行にも、この場から去れと命じている。奉行がすごすごと部屋から出て行った。庄内はそんな奉行の姿を見るのは初めてであった。

奉行の足音が遠ざかったのを確かめた上格の武士は、

「もそっと近《ちこ》うまいれ」

と庄内を差し招いた。庄内が膝行《しっこう》する真似をすると、

「もそっと近う」

と言った。庄内はそれ以上近寄ると手討ちに遭いそうな圧力をおぼえた。闇の世界に通じ、修羅場を幾度も踏んだ庄内が、そのような圧力をおぼえたのは、鹿之介以外初めてであった。

「板倉隼人正《いたくらはやとのしょう》である。見知りおけ」

上格の武士は初めて名乗った。その名を聞いて、庄内はぎょっとした。町奉行の上格というから、せいぜい大目付クラスかとおもっていたが、板倉隼人正は老中五万石の大名である。専横の振る舞いの多い榊意忠に対抗する反主流派の旗頭である。理非

曲直を明らかにし、権勢に屈しない硬骨の殿様として聞こえている。

その板倉隼人正本人が庄内の前、咫尺《しせき》（至近）の間にいる。庄内は改めて、ははあっと平伏した。

「左様に堅くならずともよい。其方に折入って頼みたいことがあっての、足を運んでもらった」

板倉隼人正は奉行所の奥深く、だれ聞く者もないのに声を下げた。

「ご老中様が私ごとき者に頼み事とは、恐れ入り奉ります」

庄内はますます恐縮した。

「これから申すこと、他言無用である」

「もとより承知仕ってございます」

奉行すら人払いした板倉の様子から、話の内容が極秘であることは推察できる。

「聞いた以上は、否は申せぬぞ。いまからでも遅くはない。聞きとうなければ引き取ってもよい」

板倉は試すように庄内の顔を見た。

「ここまでまかり越しましたる以上は、覚悟はできております。承ります」

老中随一の硬骨漢、利《き》け者として聞こえる板倉隼人正に差し（二人だけ）で話したいことがあると言われては、いまさら引き返せない。

「さすがは余が見込んだ通りじゃ。其方、隆元を知っておろう」

「金福教教祖の隆元にございますか」

「そうじゃ。あの者、どうおもう」

　隼人正は庄内の顔色を探るように一直線の視線を向けてきた。

　隼人正は幕閣の要人である。隆元は大老・榊意忠の庇護を受け、政商・若狭屋升右衛門の後援で将軍生母に取り入り、いまや単なる新興宗教の教祖ではなく、幕政に影響力を持つ政僧となっている。もし板倉が隆元と気脈を通じていれば、へたなことは言えない。

　一呼吸おいた庄内は、

「お上を憚らず申し上げます。私一人の勝手なる妄言とお聞きすごしあそばせ。隆元なる者、金福教なる邪教淫祠《いんし》を立ち上げて世間を惑わし、大老・榊意忠様の庇護を受けて、畏《おそ》れ多くも上様ご生母様に取り入り、身の程もわきまえず、お上のご政道にまでくちばしを挟む邪僧と愚考仕ります」

と覚悟を定めて言い放った。もし隼人正が隆元と通じていれば無事ではすむまい。だが、隆元の賛辞を聞くためにわざわざ庄内を奉行所まで呼び立て、人払いをしたとはおもえない。

「其方、まこと左様におもうか」

板倉は満足したような表情で念を押した。

「ご老中様の御前にまかり越し、嘘は申しませぬ」

「よくぞ申した。さすがは落葉長屋の高坂庄内じゃ。余の目に狂いはなかった」

隼人正は我が意を得たりと言うようにうなずいた。だが、その後につづけた言葉は、庄内を仰天させた。

「其方を見込んで、改めて申しつける。これはもはや頼み事ではなく、命令と心得よ。隆元を亡き者にせよ」

「隆元を亡き者にと仰せられますか」

愕然として、庄内はおもわず問い返した。我が耳の聞きちがえかもしれない。

「そうじゃ。あの者、まさに其方の申す通り、世に害をなす邪僧である。ご当代のみならず、邪教をもって末代までも害を及ぼす。改めて其方に申しつける。隆元を失え」

「恐れ入り奉りましてございます。一言おうかがいいたしてよろしゅうございますか」

「申してみよ」

「なぜ川向こう、陋巷《ろうこう》の鬱悒《いぶせ》き長屋に身を縮めて生きております私ごときに、邪僧なれども、上様ご生母ご寵愛の隆元の討ち役にご指名なされますか」

「いかにも不審であろうのう。だが、公儀隠密・影法師は使えぬ。影法師は上様直属とは申せ、ご大老にも通じておる。さりとて、市中無頼の輩《やから》を刺客に立てるわけにもいかぬ」

「お言葉ながら、私めも市中無頼の輩にございます」

「其方は無頼の者ではない。余の目はそれほど曇ってはおらぬ。落葉長屋衆の働きもしかと見ておるぞ。隆元を討てる者は其方どもを措《お》いてないのじゃ」

「過分のお言葉、恐れ入ります」

「必要な経費は奉行に申しつけてある。其方を見込んでのたっての頼み……いや、申しつけである。心して果たせよ」

と隼人正は言い渡した。

「お申しつけ、謹んで奉戴仕ります」

庄内は大げさな言葉を連ねて受諾した。

「承諾嬉しくおもうぞ。申し遅れたが、隆元は妖狐のおしなを飼っておるそうじゃ。其方どもであればぬかりはあるまいが、心して行け」

隼人正はおもいだしたように言葉を足した。


庄内は強烈な酒に酔ったような気分になって、長屋に帰って来た。

老中・板倉隼人正が落葉長屋の大家に、幕政にまで容喙《ようかい》する生母の寵僧・隆元の暗殺を命じたのは、幕閣の歴史においても稀有のことであろう。

幕府にとって好ましからざる人物や、幕府に脅威をあたえる存在の暗殺を専門に引き受ける刺客集団が影法師であるが、板倉は彼らは使えぬと言った。板倉は大老・榊意忠の政敵である。権勢第一等の榊が最も恐れている人物は板倉である。それだけに榊の手足となって動いている影法師に、榊の御用僧のような隆元の暗殺を命じることはできないであろう。

だが、影法師を使えぬので、落葉長屋衆に白羽の矢を向けたのは飛躍がある。板倉は長屋衆の働きをしかと見ていたと言ったが、それは長屋衆だけではなく、その背後にいる鹿之介やるいを見ていたのではあるまいか。長屋衆に鹿之介やるいがついて、螺旋道場一味と互角に闘えたのである。

そこまで思案を追った庄内は、はっとおもい当たった。これは鹿之介への間接の頼みではあるまいか。長屋衆を間に挟んで、鹿之介に隆元の暗殺を依頼している。仮にも三十二万石の継嗣に、時の権僧・隆元の暗殺を老中たる者が依頼できない。そんなことが公になれば、板倉自身が失脚する。

板倉としては、できれば匿名で庄内に申しつけたかったのであろう。だが、匿名では庄内が受諾しない。奉行の上格というだけで、どこのだれともわからぬ者から命じられた権僧の暗殺を引き受ける者はいない。奉行をはずさせ、板倉と庄内差しの密約は、庄内から洩《リーク》れることがあったとしても、板倉は根も葉もないこととぼけられる。

（敵は本能寺、板倉め、若君とおるいさんに隆元の暗殺を頼んでいるな）

と庄内は読んだ。

板倉は他言無用と言ったが、鹿之介とるいは長屋衆と一体である。庄内は長屋に帰ると、常駐しているるいと破水に板倉の内命を伝えた。二人も板倉の容易ならざる意図に驚いた。

「板倉は、家良以下、螺旋道場一味と我々との闘いを知っておるな。単に噂だけではなく、かなり詳しい情聞《じょうぶん》（情報）を得ているにちがいない。問題は螺旋一味に匹敵する我々の兵力を使って隆元を取り除けば、榊意忠にどの程度の打撃をあたえられるかということじゃ」

破水が言った。

「つまり、本来の的は榊にあるということね」

るいが言った。

「左様。榊はばか息子押しつけ政策の失敗で足許が揺れておる。榊を蚊帳の外に置いての、将軍直命による家良暗殺工作がその事実を物語っている。将軍あっての榊が、将軍から蚊帳の外に置かれた衝撃は大きいだろう」

「そこで揺れ始めた地盤を固めるために隆元を使ってご生母に取り入り、将軍の寵信を取り戻そうというわけね。板倉はそれを阻もうとしている。隆元を取り除けば、榊は片翼を捥《も》がれたようなもの」

「さすがはおるいさん、鋭い。だが、榊はいまのところ、我が方の毒にも薬にもなっていない。螺旋一味との決着がついていないいま、一筋縄でいかぬ隆元と向かい合うのはいかがなものかな」

破水は慎重な口ぶりであった。

「私はそうとも限らぬとおもうけど」

るいが言葉を返した。破水と庄内の視線を集めて、

「もしかすると、隆元暗殺の御沙汰は、将軍ご自身から発しているのかもしれない」

とるいは意外なことを言い出した。

「将軍自身の御意……？」

破水と庄内は、はっとしたように顔を見合わせた。

「榊意忠の専横は目にあまるものがあると聞いています。意忠は影の上様と呼ばれるほどに、将軍はほとんどお飾りになっているわ。将軍の面白くない気持ちがわかるわよ。だから、意忠が発案したばか息子押しつけ養子政策を御自ら廃棄するために、家良に刺客をさし向けたのでしょう。将軍としての実権行使を意忠に見せつけたのよ。意忠は将軍の動きに対抗するために、隆元を介してご生母を抱き込もうとしているん

だわ。ご生母に頭が上がらない将軍ではあっても、ご生母の信心に乗じて取り入っている隆元や茶坊主を道具に利用して、権勢の維持を図っている意忠が鬱陶《うっとう》しくなったんでしょう。将軍にとってご生母をたぶらかしている隆元が憎い。

そこで板倉隼人正に隆元を除けと、密かに指示したと考えられないかしら。仮にそうでなくても、隆元を討つことは、将軍の御意に反しないわよ」

「そう言われておもいだした。以前、おれんさんが、隆元の使僧・延命寺《えんめいじ》の玄海《げんかい》が若狭屋と金福教が結託して長屋の敷地の地取りをしていると洩らしたと言っていた」

庄内が言った。

「大家さん、それ、本当？」

るいが驚いたように問うた。

「本当だよ。いずれも千住《せんじゅ》の外にあり、螺旋道場は金福山の境内にあるようなもんだ」

「それでは隆元と螺旋道場一味はつながっている見込みが高いわね」

三人はそのことの意味を考えた。

もしそうであれば、隆元は妖狐のおしなに加えて、螺旋道場一味も用心棒として養っているかもしれない。

はからずも隆元暗殺の指令は、螺旋道場一味・妖狐残党連合軍との対決になりそうな雲行きになってきた。

るいから報告を受けた鹿之介は、

「板倉隼人正は庄内の背後にわしやるいがいることを知っていて、依頼してきたのだ。そうだとすれば、るいが言うように、上様が隼人正と庄内を介して、わしに頼んできたことになる。この意味は大きいぞ。わかるか」

とるいの顔色を探った。

「わかるような……わからぬような」

「そうよ。上様のいまの立場は、父上が一時置かれた立場とよく似ておる。父上は藩政をおさきの方・鮫島兵庫一味に壟断されて、藩邸内に軟禁同様であらせられた。上様も榊意忠に幕政を壟断され、城内に軟禁同様におわすのではないか。父上ほどではないにしても、八百万石の絶対君主が、側用人上がりの大老に政治の実権を取り上げられて、面白かろうはずがない。

老中はほとんど榊の言いなりであり、わずかに板倉一人が上様についておる。板倉隼人正はまだ会ったことはないが、硬骨の正義漢として信頼するに足る者と聞いている。板倉の頼みであれば信じてもよかろう。庄内に素性を明らかにしたところを見ても、潔い。老中が町人に幕政に関わる極秘の暗殺を依頼すること自体が異常であり、しかも自らの素性を明かしておる。板倉は庄内に覚悟せよと申したそうであるが、板倉自身が覚悟を定めておる。

八百万石、上様の実権を取り戻すお手伝い。充分にやり甲斐があるではないか。この話、引き受けようぞ。いずれにしても螺旋一味との対決は避けられぬ。隆元と螺旋一味がつながっておれば、一石二鳥ということになる」

鹿之介は決断した。

まず、将軍の現況の把握、次いで隆元と螺旋一味とのつながりを確認する。庄内と長屋衆の情報網も柳営《りゅうえい》（将軍居城）の奥にまでは達していない。だが、藩主・正言の大名仲間の人脈がある。

押しつけ養子政策の被害大名は不満が大きく、貧乏籤《くじ》を引いた者同士の連帯感があった。そうした被害家の人脈から集まった情報によって、意外な事実がわかってきた。

押しつけ養子のほとんどは、先代将軍の落とし胤であり、家良は当代の腹ちがいの弟であることがわかった。弟も当代の実子ということにした方が押しつけやすいという意忠の進言であった。道理で実子にしては父子の年の差がなさすぎるとおもった。

意忠の進言によって強行された養子押しつけ政策にも、当代の不満がたまっていたらしい。

先代の落とし胤とされている五十数名も、実際のところ、出自の曖昧《あいまい》な者が混じっているという。そんなどこの馬の骨ともわからぬ者を養子に押しつけられては、連綿たる家系を誇る大名家はたまったものではない。恐るべき意忠の発想であり、強硬政策であった。

だが、たぶんに意忠の推輓《すいばん》によって将軍に就任した当代は、意忠に頭が上がらず、彼の政治壟断を許すような構造がいつの間にかでき上がってしまった。此度《こたび》の家良暗殺計画は、当代が実権回復を狙った一種のクーデターであるという。

正言すらこれまで、知らなかった極秘の情報が洩《リーク》れてきたのは、それだけ意忠に対する反感が高まり、反《アンチ》意忠の流れが高まっている証しであった。

一方、庄内が江戸の闇の伝《つて》を頼って、隆元と螺旋道場とのつながりを探り出した。

隆元の使僧・玄海は、道場主・永眠の甥に当たることがわかった。玄海の口利きによって、螺旋道場の弟子たちが隆元の用心棒や、他出時の供を務めている。

教勢の急速な拡大に伴い、信者に大名や高級旗本や富商が増えてくると、隆元自身にもそれなりの格式と体裁が求められるようになる。螺旋道場の屈強な供揃いは威勢周囲を圧する効果がある。

しばらく消息を絶っていた妖狐のおしなも、隆元の用心棒として養われていた。

現在、隆元の拠点・金福山は江戸の最北端千住にある。奉行所の管轄外であり、ご府外である。教勢の拡大に伴い信者も増え、手狭になった。加うるに江戸中心部から離れすぎているために、なにかと不便である。そこで落葉長屋に目をつけたのである。

川向こうとはいえ、隅田川を隔てて、江戸の繁華街に接し、江戸の目抜き通り日本橋から江戸城にも近い。敷地も広く、将来の発展が望める。そこで若狭屋の地取りを使って、落葉長屋の買収工作を始めたのであるが、庄内の頑強な拒絶にあって、頓挫した。

だが、隆元は決してあきらめていない。すでにその界隈周辺の土地はあらかた買い占めが終わり、その中心位置に居座っている形の落葉長屋さえ陥《おと》せれば、深川一帯の広大な敷地が新拠点として完成する。

隆元は信者となった将軍生母を介して、将軍名で落葉長屋を接収しようとするであろう。


この時期、庄内が驚くべき情聞をくわえ込んできた。

「金福教の信者から聞き込んだ話だが、金福教では銭葬という弔いがあるそうだ」

長屋衆が集まったところで、庄内が言った。

「ぜにそうって、どんな弔いだね」

隠居が代表して問うた。

「なんでも死者の体を開いて、そこに詰められるだけ金を詰めて葬ると、詰めた金が倍になって返ってくるという。金福教では銭葬を信者に勧めて、銭を詰めた死体を金福教の境内の墓地に埋葬させる。葬式の後、金福教が死体から金だけ取り出すらしい」

「ひでえことをしやがるね」

「信者は銭が仏に届いたと喜んでいるようだよ。信者がどんな弔いをしようと我々には関係ないが、あのばか息子はおれんさんを銭葬にしたんじゃないのかな」

庄内の言葉に、長屋衆は恐るべき関連性に気がついた。

家良は金福教の信者であり、おれんを虐殺して、その死体を銭葬にした。おれんを開腹して詰めた二百両は慰謝料や香典ではなく、数倍にして取り戻そうという欲の皮であった。

庄内がもたらした新しい情報に、長屋衆は改めてはらわたが煮えたぎった。おれんは銭葬の容器《いれもの》にされたのである。

「でも、おれんさんを銭葬にしたんなら、どうして金福教の墓地に埋めなかったんだね」

南無左衛門が疑問を呈した。

「家良は知っていたのよ。落葉長屋の敷地が金福教の新本拠の予定地であることを」

るいが言った。

「許せない」

庄内の言葉に一同がうなずいた。

隆元が落葉長屋におれんを銭葬にして送り返せば、霊験あらたかであると家良にたきつけたにちがいない。

おれんの無惨な骸を送りつけて長屋衆を畏怖させれば、敷地の買い取り交渉に応じるであろうという隆元の計算があったのかもしれない。

これまで隆元の暗殺に多少揺れていた長屋衆の気持ちが、るいの言葉によって一本にまとまった。

「隆元討つべし」

ここに長屋衆の的が定まった。

まず隆元を討ち、家良に向かう。おれんをはじめ螺旋一味と闘って死んだ与作、八兵衛、長四郎たちの仇を討つ。

長屋衆はるいが永眠と向かい合っておぼえた武者震いを、いま体感していた。

隆元暗殺作戦が練られた。狙うとすれば、千住の拠点にいるときよりは、外出先の方が警備が薄くなって攻めやすい。教団は多数の信者を餌食にして急成長している。盲信していた信者は、隆元に骨の髄まで吸い取られて目が覚める。隆元を怨んでいる元信者はゴマンといる。教勢の拡大に比例して、怨みも厚く、広く蓄えられている。

隆元は自分を取り巻く不穏な気配を本能的に察知していて、千住の拠点はもちろんのこと、身辺の警戒を厚くしている。

当然、他出時には屈強な護衛陣が取り巻いている。まったく隙間のない厚い壁のような護衛であった。その護衛の厚さが、教祖の悪行の深さの証《しるし》である。本来、教祖にはそんなものは必要ないはずである。護衛陣には妖狐一味や、螺旋道場の門弟たちがついているようである。永眠以下、八剣の生き残りはいないらしい。だが、陰供をしているかもしれない。一見、他出中でもつけ込む隙はなさそうであった。

るいは隆元の他出中の行動を詳細に偵察した。そして、他出中は警護も厚く、市中騒動を起こせば、無辜《むこ》の市民を巻き込む虞があると結論した。

「すると、いつ狙えばよいのか」

鹿之介が問うた。

「千住拠点に帰り着いたときでございます。このときを除いて、つけ込む隙はありません」

るいは答えた。

「拠点に帰り着いたときだと。拠点に入ってしまえば、金城鉄壁の守りではないか」

鹿之介は言った。

「拠点に入る直前にございます。警備陣も拠点の門前では警戒を緩めています。螺旋道場一味などは拠点の門前まで同行せず、かなり手前から道場に帰ってしまいます。妖狐一味も警戒を解いて、歩みの遅い隆元の駕籠を残して、さっさと先に門内に入っています。ここを衝けば、隆元を討つのはたやすいと存じます」

るいの口調には自信があった。

「陰供はいないか」

「仮にいたとしても、駆けつける前に決着がついているでしょう」

「影武者は……」

「影武者などには惑わされませぬ」

ここに隆元暗殺の作戦は定まった。だが、るいは鹿之介に向かって、

「この度は兄君は出てはなりませぬ」

と言った。

「なぜじゃ」

「隆元の背後には上様のご生母様がおわします。板倉隼人正からの内命とはいえ、上様の御意かどうか確かめてはおりませぬ。仮に上様の御意であったとしても、左様な

ことをお認めになるはずがありませぬ。隆元を討てば、ご生母様の御気色を必ず損ないます。兄君がお出ましになったことが明らかになれば、山羽藩にどのような累が及ぶやもしれませぬ。ここはご自重あそばしませ」

「家良には、わしが自ら出向いておるではないか」

「家良と隆元では事情がちがいまする。すでに家良の刺客が上様のご内命ということは周知の事実にございます。ここは私と長屋衆にお任せくださいまし」

るいは真情を面に表わして言った。

山羽藩に累が及ぶと言われては、鹿之介も押せなくなる。長屋に同居していた当時の熊谷鹿之介とは、いまは背負うものがちがうのである。鹿之介はしぶしぶ承諾した。

隆元の生活様式《ライフパターン》について庄内の人脈、および長屋衆が探ったところによると、月に三、四回、外説法と称して、富裕な信者の家をまわる。帰途は市谷田町辺に囲ってある女の家に立ち寄り、たいてい夕刻には拠点に帰って来る。外説法は口実で、女の家だけに行くこともある。

芝居がかかっているときは、女を連れて葺屋町の芝居小屋に直行する。いずれの場合でも外泊することはなく、暮六つごろには拠点に帰って来る。

拠点には神女と称する信者上がりの女を数人置いているというから、その精力は大したものである。

他出時の供揃いは駕籠舁《か》き、道具持ち等を加えて、おおよそ三十人。妖狐のおしなとその配下、および螺旋道場の遣い手が護衛している。天下泰平の時期、市中でのこれだけの供揃いは大名並みである。

護衛陣は遣い手揃いであるが、いまや日の出の勢いの隆元に仕掛けて来る者はなく、しごく平穏な江戸の町を、欠伸《あくび》をしながら供をしている。陰供はいないことが確認されている。夜間であればとにかく、白昼天下泰平のお膝下で、陰供がいれば露見してしまう。

暮六つごろ拠点に帰り着く隆元は、富裕な信者の家で馳走に与《あずか》り、山のような土産物をもらい、女の家で精を抜かれ満足しきって、駕籠の中でうたた寝をしている。

螺旋道場の門弟たちは、拠点の一町ほど前から歩みの遅い駕籠と分かれて、道場の方角に向かう。妖狐の一味もさっさと先に拠点の門内に入り、この間、わずかであるが隆元の駕籠は無防備に残される。

だが、隆元自身はなんの不安も持たない。すでに門前であり、拠点の庭といってもよい。不穏な気配があれば、多数の信者が押っ取り刀で飛び出して来る。金福教の威勢の前に、門前で事を起こすような不心得者はいないと確信している。

七月に入り、隆元の外説法日を確認したるい以下、長屋衆は、その日、隆元の帰着時を決行日と決定した。

折から江戸は真夏であった。冬の寒さと夏の暑熱のどちらかの選択にあたって、冬はなんとか耐えられるが、夏には敵《かな》わぬと、夏向きの家を選んだだけあって、江戸の夏は暑い。

連日真夏日がつづき、容赦なく江戸の町を焙《あぶ》る。冷房も扇風機もない時代である。江戸市民の対暑策はせいぜい扇子、団扇《うちわ》、行水、子供は川遊び、夜は縁台の夕涼みや蛍狩り程度である。

だが、江戸っ子は夏が好きである。冬を選び、夏を避けたほどの江戸っ子が、夏の暑熱を娯楽に代えてしまう。

まず祭。中でも隔年の山王祭は江戸の代表的な祭りである。来る者は拒まず、だれでも参加して、行き先の知れぬ神輿を担いで、能天気に舞い上がっている間に、その日暮らしの生活苦を忘れてしまう。

五月末からの川開きは七月の末まで、夜毎花火を打ち上げ、両国近隣だけではなく、江戸中が盛り上がる。

六月の晦日《つごもり》には、市中各社の社《やしろ》で夏越しの祓《はらえ》が行なわれる。茅でつくった大きな輪を社の前や鳥居にかけて、その中をくぐり抜けると疫病を祓うという。これを胎内くぐりと呼び、何度もくぐる人がいる。

七月に入ると、江戸の空は一段と高くなるが、まだ残暑が厳しい。毎年七日は七夕祭りである。この夜、牽牛・織女の二星が天の川を鸛《こうのとり》の橋を伝って渡り、一年に一度の逢瀬を愉しむという。この恋の伝説にあやかるように、女性《にょしょう》は笹竹におもいおもいの歌や詩や文言を書きつけた短冊を、恋が叶うという願いの糸にかけて結びつける。

さらに帳面、算盤、筆、その他多彩な飾り物を笹竹に吊るして、屋上高く押し立てる。視野の限りつづく江戸の甍《いらか》の波の上に林立した七夕飾りの竹が、妍《けん》を競って風に翻《ひるがえ》るさまは、まさに江戸ならではの壮観である。

七夕に雨が降ると、天の川が見えなくなり、牽牛・織女が会えなくなるというので、隅田川が閉じた後も私費で花火を上げ、雲を払おうとする者もいる。これを雲払いといい、富者や粋人の夏の遊びの一つになっていた。

隆元は七日、七夕の日に拠点を出た。外説法という口実であるが、最近、最も執心している小石川富坂町に囲った芸者上がりの女に会うのが主目的である。その女を隆元に斡旋したのが延命寺の玄海であった。

玄海は隆元の女衒《ぜげん》役（女調達役）を務め、取り入った。

隆元は一応、麹町《こうじまち》の富商・武蔵屋に立ち寄った後、女の家に向かい、そこで二刻《とき》（四時間）ほど過ごして帰途についた。隆元にしてみれば、牽牛・織女にならって女に会いに行ったらしい。

隆元が女と歓を尽くしている間、供は女の家の外で待っている。日中、暑い盛りを待たされる身は辛い。護衛陣はうんざりしていた。ここを衝けばひとたまりもなさそうに見えるが、市中、七夕祭りで出盛っている市民を巻き込む虞がある。

うんざりはしていても、護衛陣は遣い手揃いである。へたに仕掛ければ返り討ちに遭うか、隆元を取り逃がす虞がある。機会はただの一度、失敗は許されない。

ようやく女の家を後にした隆元は、暮六つ刻、夕闇が杳々《ようよう》と地上に降り積もり始めたころ、本拠に帰り着いた。金福山はご府外にあり、人通りも絶えている。

隆元の駕籠は金福山の山門に近づいた。山門には信者が出迎えている。るいに率いられた長屋衆は、それぞれの持ち場について、その瞬間《ゴーサイン》を待っている。

この日、るいや長屋衆にとって予期せぬ事態が発生した。山門の出迎えの中に、なんと若狭屋升右衛門がいたのである。なんでもこの方面に所用があって、金福山に立ち寄ったということであった。

今日の外説法は女に会うのが主目的で、若狭屋訪問は含まれていない。使者から若狭屋が来ていることを山門の近くで伝えられた隆元は、慌てた。若狭屋は隆元の大事な後ろ盾《タニマチ》である。

「くれぐれも粗漏があってはならぬぞ」

使者に申し伝えた隆元は、駕籠の中で身仕舞いをした。通常であれば、山門が視野に入らぬうちに道場の方角に分かれてしまう螺旋一味も、行列から離れられなくなった。もちろん妖狐一味も駕籠脇についている。

予期せぬ誤算であった。無理押しをすれば無辜の信者を巻き込み、長屋衆にも犠牲が出るであろう。どちらに犠牲を出してもならない。

だが、長屋衆ははやりにはやって、るいの合図を待っている。矢が弦につがえられ、的を狙って限度一杯引き絞られたとき、待ったをかけても、射手が踏み止まってくれるか。

そのとき螺旋道場の方角に煙と炎が噴き上がった。火事だと叫ぶ声が聞こえた。螺旋道場一味は愕然として、行列から離れ、道場の方角に走った。妖狐一味はまだ残っているが、敵の兵力は激減した。るいはその一瞬をとらえた。

傷の癒えた弥蔵が必中の矢を隆元の駕籠に射込んだ。矢は狙い過たず、駕籠の戸に命中したが、中の隆元に届いたかどうかわからない。

ぎょっとして駕籠脇に駆けつけようとした妖狐のおしなと配下の前に、猫目と蜉蝣が立ち塞がった。

「やや、猫目と蜉蝣、なんのつもりだ」

おしなは二人がそこにいることの意味がわからないようである。どうやらおしなは二人が長屋衆に加わったことを知らなかったらしい。長屋衆も二人の安全のために、その参加を秘匿していた。

「ここは通さぬ」

猫目の言葉に、おしなは、

「裏切ったな」

と初めて二人が敵側に回ったことを悟ったようである。

「裏切ったのはどっちだ」

「たっぷりと礼をしてやるぜ」

「しゃらくせえ。かまうことはない。この裏切り野郎をたたんじまいな」

おしなが配下に命じた。

一瞬とまどった手下は、おしなに叱咤されて、蜉蝣と猫目に喊声をあげて攻めかけて来た。

二人は妖狐一味を迎えて、奇妙な動きをした。猫目と蜉蝣は左右にさっと分かれると、逃げ始めた。配下も二手に分かれて二人を追った。だが、逃げると見せかけた二人は、配下の周囲を円を描くように旋回した。旋回しながら、二人はまた左右から接近して円の形を完成すると、すれちがった。追跡する妖狐一味は、円の内部に置かれた形になった。

「危ない。動くな」

本能的に危険を察知したおしなが叫んだ。だが、そのときすでに遅く、数人の配下は足を斬り落とされている。

突然足首から血を噴き、平衡を失った身体を支えようとして地につこうとした手が切断されている。猫目も蜉蝣も武器を手にしていない。おしなの配下は悪い夢でも見ているような気がしているらしい。

「猫目と蜉蝣から離れろ。なにか素通しの武器を持っているぞ」

おしなが言った。

二人が描いた円の中に閉じ込められた一味は、二人が円を引き絞るほどに身体の一部を切断されていく。

「そこだ」

おしなが叫んで、猫目の手から延びたきらりと光ったように見えた空間を斬り下ろした。だが、刀は弾き返された。

「猫目と蜉蝣は透き通った糸を張っている。地上に這え」

おしなが適切な指示を下した。猫目と蜉蝣は糸師の長四郎の発明遺品である透明な天蚕糸《てぐす》でつくった〝糸刃《いとば》〟を張りめぐらし、円陣の中に一味を追い込み、引き絞ったのである。常人には見えない透明な糸刃も、猫目には見える。

猫目と蜉蝣が糸刃の円陣の中におしな一味を閉じ込めている間に、るいが率いる長屋衆は隆元の駕籠に取りかかっていた。薬師の百蔵が螺旋道場の近くで打ち上げた花火と煙幕に惑わされて、螺旋一味は駕籠脇から引き離され、隆元は無防備になっていた。

駕籠の戸を引き開けると、隆元が震えていた。弥蔵が射た矢は、駕籠の戸を射貫き、隆元と紙一重の差で止まっている。るいが刃を突きつけて、「出ろ」と命じた。

「お、おのれ、仏を恐れざる不心得者め。拙僧をだれと心得る。仏罰たちどころに下ろうぞ」

隆元はまだ強がっていた。

「世を惑わす生臭坊主・隆元、仏罰を加えられるものなら加えてみよ」

るいがせせら笑って、隆元を駕籠の外に引きずり出した。

山門前には多数の信者が異変を察知して右往左往しているが、ただ傍観しているだけである。信者も、まさか天下の権僧に手を出す者があろうとはおもっていない。隆元を盲信している信者たちは、仮に隆元に不調法を働く者があろうとも、たちどころに仏罰が下るとおもい込んでいる。

「さあ、信者も見ておる。仏罰を下してみよ」

るいが言った。るいの朗々たる音声は、山門に犇《ひしめ》いている信者たちの耳にも聞こえている。

「な、な、なんたる冒瀆《ぼうとく》。仏を恐れざる不敬者。将軍ご生母様すら帰依《きえ》されておる拙僧に指一本でも触れてみよ。仏敵として地獄に落ちようぞ」

隆元は多数の信者の手前、まだ虚勢を張っていた。

「面白い。地獄に落としてもらおう。一度は見物したいとおもっていたところだ」

るいは言い放つと、刀を振り下ろした。隆元は悲鳴をあげた。だが、身体にはなんの損傷もなく、まとっていた金襴の袈裟《けさ》が左右に斬り裂かれている。

さらにもう一振りすると、袈裟もろとも肌着までが地上にはらりと落ちて、隆元の見すぼらしい裸体が震えながら立っていた。山門の信者たちがどよめいた。

「さあ、地獄に落としてみよ。仏罰を加えてみよ」

るいに刀を突きつけられても、隆元はもはやなにも言い返せない。多数の信者の注目する中で、赤裸に剝かれた隆元は、仏罰どころか、歯ぎしりもできない。

「信者の衆、ここにおる隆元なる売僧《まいす》は、将軍ご生母をはじめ、天下を惑わす偽僧である。仏の名を借りた詐欺師にすぎぬ。信者の衆は目を覚ませ。我らは仏に成り代わって世を欺《あざむ》く偽僧に仏罰を下す者である」

るいはよく通る声で信者たちに呼びかけると、震えながら立っている隆元を蹴飛ばした。隆元は地に這いつくばって、ぐぇっと蛙のような声をあげた。信者たちの中から失笑が湧いた。隆元の権威は地に落ちた。

「もはや、命を取るまでもあるまい。皆の衆、引き揚げましょう」

るいは隆元の暗殺以上に効果を上げたことを確かめて、引き上げを宣した。

隆元の金福山門前の事件は、驚くべき速やかさで江戸中に知れ渡ってしまった。江戸中に伝播《でんぱ》したということは、間もなく全国津々浦々に知れ渡るということである。

隆元事件を、まずここを先途と〝報道〟したのが、長屋衆瓦版の文蔵である。文蔵はこの事件を、売僧の正体は蛙と題して、るいに蹴飛ばされて蛙のように這いつくばった隆元の模様を書きまくり、蛙に化身した隆元の姿を描いた南無左衛門の絵をのせて売りまくった。

仏罰を下すどころか、金襴の袈裟をまとった蛙にすぎない事実が知れ渡り、隆元の威信は地に落ち、金福教は瓦壊してしまった。ご生母の寵信も失われ、ここに榊意忠は片翼を失った。隆元は社会的に葬られた。隆元を斬らずに暗殺以上の効果を上げたるいの手並みは、見事であった。

板倉隼人正から奉行を通して、

「この度の隆元の膺懲、見事である。心に刻みおくであろう」

とねぎらいの言葉が、庄内および長屋衆に下された。

本来であれば、奉行すら人払いした隼人正は隆元暗殺の密命を庄内に伝えたことは秘匿すべきである。そこに隼人正の喜びようがわかる。すでにご生母の寵信を失った隆元失脚の背景が明らかになったところで、なんら痛痒を感じない政情の変化がわかる。隆元の失脚は榊意忠の権勢に大きく波及してくるはずである。

だが、鹿之介はまだおれんの仇は報じていないと、隆元の失脚を控えめに評価している。

「家良が隆元の信者で、銭葬を真に受け、おれんの腹に二百両詰めたとしても、それは隆元の意思ではなく、家良の意思である。もし隆元の教えに心服したのであれば、おれんの骸は長屋ではなく、金福山に送り届けたはずだ。

家良は隆元から銭葬倍戻りの説法を聞いて、面白半分におれんの腹に二百両詰め込み、長屋に送り届けた。倍になって戻ってくれば、それに越したことはない。戻らなくとも香典代わりのつもりで、おれんの骸を長屋に送り返したにちがいない。おれんの無念はまだ散じておらぬ。おれんの腹に詰め込まれていた二百両を家良の腹に詰め返すまでは、おれんは浮かばれぬ。

家良としても、この度の隆元の失脚に、長屋衆の力を改めておもい知らされたであろう。螺旋道場一味も総力を挙げてかかってくる。また榊意忠もこのまま黙ってはいまい。皆の者、心いたせよ」

鹿之介は言い渡した。

闇法師の再生

隆元の失脚に最も深刻な衝撃を受けたのは榊意忠である。権勢維持の一環として、隆元を介して将軍生母を取り込んだが、金襴の袈裟を剝ぎ取られ、無力で無様な正体を露《あらわ》してしまった。いまや榊の片翼どころか、そんな偽僧を重用していた榊の指導力が疑われてくる。

現に、隆元に裏切られたご生母が、彼を斡旋した榊に疑いの目を向けている。隆元失脚を攻め口として、政敵・板倉隼人正以下、幕閣の反主流派が勢いを強めている。榊にとってまことに憂慮すべき形勢になっていた。

意忠は隆元失脚の背後関係に政敵・板倉隼人正の工作を感じ取っていた。板倉は榊にとり、まさに目の上のたんこぶのような存在であった。榊の政策の悉くに反対し、少数意見ながら侮り難い論陣を張る。榊と若狭屋の癒着を批判し、若狭屋が後援した金福教を邪教淫祠と断定したのも隼人正である。

特に先代将軍の落とし胤を諸大名に押しつける婿養子政策には強く反対した。

「左様な無理強いをすれば、諸大名の反感を集めるは必定。連綿たる血統を誇る諸家に先代様落とし胤を押し込むは、まさに血脈への干渉であり、血統の否定にほかならぬ」

と真っ向から反対した。

「これはしたり。ご先代、ひいてはご神君より連綿たる徳川家を蔑《ないがし》ろにする暴言。板倉殿のご発言ともおもえぬ。後嗣なき諸家に徳川の貴種を移植し、連綿たる家系を継続させることが、何故血統への干渉と否定になるのか」

意忠は言い返したが、

「諸家に正しい血筋が絶えたわけではござらぬ。たとえ直統ではなくとも、傍系ある限り、血筋が絶えたわけではござらぬ」

「直統がないゆえ、貴い徳川家の血脈をもって継がせるに、なにを憚ることがござろう。血筋にこだわることなく、諸家は徳川家の血脈に連なることを名誉と心得るであろう」

「拙者、あくまで反対でござる。血筋にこだわらぬと仰せられるならば、直統であろうと傍系であろうとかまわぬはず。徳川家の血脈とは申せ、ご先代、五十数名の落とし胤を貴種として歓迎する諸家は一家もござらぬ。ただいまご大老からご神君なるお言葉がありましたが、ご神君の定め賜うた掟によれば、子孫、世継ぎなき場合は御三家の子孫より立てよとの御諚《ごじょう》でござる。されば、諸家においても同じこと。直統の世継ぎなきときは傍系、支流であろうと、他流の貴種よりはましなはず。ご落胤養子押しつけ政策は徳川家の家訓にも違背します」

と隼人正は言い立てた。徳川家の家訓に反すると言われれば、意忠も言い返せなくなる。

「黙らっしゃい、これは上様の御諚である」

と将軍をだしにして言い逃れたが、その将軍自身が出来の悪い押しつけ養子の家良暗殺の刺客をさし向けたのであるから、まさに意忠は四面楚歌のおもいがしていた。

（なんとか退勢を挽回せねばならぬな）

意忠は焦っていた。潮の目が変わりつつある気配を敏感に感じ取っている。

権力というものはいったん平衡が崩れれば、あっという間に逆転してしまうことを意忠は知っている。自分自身がその平衡を崩して、前の権力者から権力を奪ったのである。いまのうちであれば、権力はまだ我が方の手中にある。手中にある間に微妙な潮目を是正すれば、現勢を維持できる。それにはどうすればよいか。意忠は思案をめぐらした。

山羽藩の改易――意忠の意識に閃光が走ったような気がした。山羽三十二万石の取り潰しは、以前から考えていたことである。西国の大藩・山羽家は領内に金鉱、林産資源、水産物、畜産物、果樹園などを豊富に擁し、実高五十万石を超える富裕藩である。

この山羽家の世継ぎ騒動を利用して、将軍の落とし胤を押しつけるか、あるいはこれを口実に取り潰すか、画策していたが、直統の後継第一位の鹿之介を世継ぎと定めて、幕府の介入の余地はなくなってしまった。

だが、意忠の山羽家に向けた狙いが変わったわけではない。当初の狙い通り山羽家を取り込めば、一挙に退勢を挽回する大得点となる。

もともと当代将軍は意忠の政治力によって就任した。ために、意忠に頭が上がらず、彼に将軍の権限を大幅に委譲した。意忠は有能である。幕政を彼に委ねている限り政権は安定しているが、将軍は実権を失い、飾り物になってしまった。その不満が将軍に蓄積して、欲求不満が高まり、意忠を蚊帳《かや》の外に置いての家良暗殺未遂事件となったわけである。

将軍が派遣した刺客は悉く返り討ちに遭ったが、鹿之介とるいは家良の身辺に迫り、浅傷《あさで》ながら負わせ、その護衛陣・螺旋道場八剣の何人かを仕留めた。このことは将軍の溜飲を下げたにちがいない。

だが、家良を討たせてはならぬ。家良が討たれれば、意忠が主導者となって推進したご落胤押しつけ政策は崩壊する。それは意忠の失権を意味している。意忠の自衛のためにも、家良はなんとしても守り通さなければならない。

ここに鹿之介を首謀者とした家良吉原襲撃事件が発生した。

事の起こりは、鹿之介の外臣という女を家良が殺害し、腹を裂き、金を詰めて骸を送り返したのが発端であるという。明らかに非道は家良にある。

だが、仮にも三十二万石の大藩の後嗣が、外臣と称する娼婦の仇討ちのために、将軍ご落胤の殺害を図るとは言語道断である。

しかも、山羽藩と家良が養子となった立石藩は累代、藩境を接しており、誼《よしみ》が深かった。家良が入婿後、藩境に紛争が絶え間なく、両藩の関係は険悪になっている。

この時期、外臣の仇討ちと称して、鹿之介が家良を襲撃したことは、徳川治世下における内戦と見ることもできる。徳川治世下での大名同士の内戦は、徳川家に対する謀叛と取られても仕方がない。

問題は家良襲撃が将軍の意に適《かな》っていることである。将軍自ら、先代ご落胤の押しつけ養子暗殺を図ったことは、意忠に壟断された幕政の実権を取り返すためでもあろうが、将軍直命による先代ご落胤押しつけ婿の暗殺未遂は絶対に秘匿しなければならない。

つまり、家良の暗殺未遂は将軍の弱みとなったのである。将軍の弱みを握った上で、意忠が山羽藩の取り込みに成功すれば、意忠の政権は不動となる。

ただ、この私戦当事者が山羽藩対立石藩であることが問題である。喧嘩両成敗の幕府ご定法に則り、立石藩が取り潰されれば、結局、意忠が推進したご落胤押しつけ養子政策は破綻することになる。

山羽藩一方のみ取り潰せば、元禄赤穂事件の轍を踏むことになってしまう。赤穂事件では浅野家に片手落ちの裁決をしたために、その不満を蓄えた浅野家の遺臣による討ち入りを誘発してしまった。あれは明らかに幕府の不公正な裁きに対する不服申し立てであった。幕府定法は枉《まげ》られない。

立石家は安泰に、山羽家のみを取り潰すには、鹿之介の暗殺以外にはないとおもい至った意忠の目が、

（闇法師を動かすか）

と宙を睨んで光った。

闇法師、それはかつて伊賀、甲賀が徳川家お抱えの忍者として争い合ったように、影法師と争い、敗れた忍者集団である。影法師は累代、徳川の禄を食《は》み、去勢され、

その牙を失っていったのに対して、闇法師は禄なく、生きるために闇の仕事を請け負いながらつないできた。金のためならどんな仕事でも引き受ける、戦国乱世の牙を磨きつづけてきた恐るべき忍者集団である。

意忠の祖父の祖父、高祖父・意宗《おきむね》が闇法師の影法師以上の実力を認めて強く推挙したが、時の大老・荒井《あらい》重久《しげひさ》の反対に遭い、お抱えは影法師に決定した。

意宗は闇法師の実力を惜しみ、しばらくの間、榊家の預かりとして手当をあたえていたが、荒井重久の、

「公儀御用としてすでに影法師に決定しているにもかかわらず、独自に闇法師を預かり、養いおるは、公儀に対し意趣含みまかりおる者と受け止められてもやむを得ざる仕儀……」

と異議を唱えられ、闇法師の預かりをしぶしぶ取り止めたといういきさつがある。

闇法師も代を重ねたとはいえ、そのときの意宗の恩義は忘れていないはずである。意忠が闇法師を召し集めれば、必ずや馳せ参ずるであろう。

意忠は以前、若狭屋升右衛門から闇法師の存在を聞いている。妖狐《おとか》のおしなも闇法師の流れであるという。若狭屋は現在も闇法師と密かに連絡《つなぎ》があるらしい。

闇法師に鹿之介の暗殺を依頼すれば、闇から闇に葬ってくれるであろう。螺旋永眠率いる八剣が手こずっている鹿之介を、闇法師ならば片づけてくれるであろう。下手人は螺旋道場一味に仕立て上げればよい。

螺旋一味にしても、これ以上、手を労せずして鹿之介が消えてくれれば、言うことはないであろう。

意忠は早速、若狭屋を呼び寄せた。隆元の失脚後、意忠からなんの沙汰もなくなったので、出入り禁止になったのではないかと案じていた若狭屋は、尾を振るようにして駆けつけて来た。

榊私邸の奥まった居室に通された升右衛門は、意忠から開口一番、闇法師に連絡をつけろと言われて、一瞬ぎょっとしたような表情になった。

「其方が闇法師を密かに養っておることは知っておる」

「闇法師……それは」

升右衛門は絶句したまま次の言葉が出ない。

「闇法師に用事がある」

「御前御自ら闇法師にお目通り許されるご所存ですか」

「余が直々に頼みたいことがある」

「極めて危険な輩でございますが」

「承知しておる。だが、闇法師は仕事を求めておるのであろう。余が召し抱えてやってもよいと申せ」

「御前が召し抱え……闇法師を」

升右衛門は啞然とした表情になった。

「闇法師も主なく、闇の中を転々と這いずりまわるに疲れたであろう。闇法師でなければできぬ仕事がある。余に忠誠を誓えば、召し抱えてもよいと伝えよ」

「御前、それは本気でございますか」

「かようなことを戯《たわむ》れに申すか。闇法師は影法師と並び、徳川家にゆかりの深い一族である。影法師に敗れて野に下ったとは申せ、徳川との縁《えにし》を忘れたわけではあるまい。余があの者どもを世に出してやろうと申しておるのじゃ。戯《ざ》れ言ではないぞ」

「戯れ言とはおもっておりませぬ。ただ、あまりにも危険な奴輩でございますので」

「案ずるには及ばぬ。闇法師とは多少縁もある」

「御前が闇法師とご縁が……」

升右衛門が驚いたような表情をした。意忠は闇法師との謂《いわ》れを升右衛門に告げた。

「闇法師が御前との間にそのような浅からぬ縁があったとは、存じませんでした」

「闇法師は忘れておらぬはずである。必ずや余の召しに応ずるであろう」

意忠は自信たっぷりに言った。

ここに若狭屋升右衛門を介して、榊意忠と闇法師の間に四代ぶりに連絡《つなぎ》が再開した。

意忠の予測通り、闇法師は榊家の恩を忘れていなかった。

闇法師も時代を下るにつれて系統が分かれていたが、現在、闇法師の直統、主流とされるのは八陣と呼ばれる八忍である。その統領は本陣暗四郎《ほんじんあんしろう》である。

闇法師の実態は謎に包まれているが、特に本陣暗四郎にはだれも会ったことがない。闇法師を養っている若狭屋すら、暗四郎と顔を合わせたことはなく、言葉も交わしたことはない。

だが、闇法師の連絡役《つなぎ》に意忠の意図を伝えると、暗四郎自ら参上するという答えが来た。会見場所は若狭屋の向島の別宅、時刻は深更と注文がつけられた。ただし、意忠自身が出向かなければ、この会見はないと付け加えていた。

意忠はこれを承諾した。権勢天下第一等の榊意忠との会見に注文をつけたのは、将軍と生母以外には本陣暗四郎が初めてであった。

しきりに恐縮する升右衛門に、

「よい。苦しゅうない。余の方が用事があって呼んだのじゃ」

意忠は言った。

向島での密会の方が、意忠にとっても都合がよい。郭内で戦国時代の尾のような最も危険な暗殺集団・闇法師の統領と会見した事実が敵対分子に知られては、いかにもまずい。向島であれば、郭外の川向こうである。しかも、町人の別宅であれば、だれと会おうとなんとでも言い開きが立つ。

若狭屋の別宅は三囲《みめぐり》稲荷の近くにある。この界隈はほとんどが田地、寺院、また大名の下邸がまばらにあるだけで、閑静である。隅田川に面し、川越しの江戸の眺望がよい。

江戸の粋人が目をつけ、この地に杖を曳《ひ》くようになった。粋人を目当てに、川に沿って料亭が進出してきた。富裕な商人が界隈に別宅を設けるようになり、にわかに高級住宅地として見直されるようになっている。

向島でも江戸の眺望随一といわれる位置に、若狭屋の別宅はある。座敷の窓を開けば大川の流れに面し、対岸には川沿いの町家の甍《いらか》の上に浅草寺の本堂や、伝法院の五重の塔が見える。江戸の街衢《がいく》はそのかなたに海のように拡がっている。

梅雨どきには霧雨のかなたに対岸が幻影のように霞み、風趣が深い。これを雨見と称して、粋人が船を仕立て、綺麗どころを侍らせて下って来る。この雨見船を見るために、粋人が川沿いの料亭に上がる。だが、別邸の深更では、風趣に富んだ対岸の風景も見えない。

刻限より少し早めに若狭屋別宅に到着した意忠は、奥の客殿に通されて、升右衛門自らの饗応を受けていた。川岸に出店した一流料理屋から仕出しを運ばせ、柳橋から選り抜きの芸妓を招《よ》んだが、意忠は女はいらぬと言って、彼女らを近づけなかった。女は嫌いではないが、今夜はそのような気分にはなれない。

刻限が迫るにつれて、緊張が高まっている。たかが夜盗並みの放浪忍者を天下の権勢者が引見するのに、この気の張りつめようは何事と自らを叱咤するのであるが、自分でも制御できない。将軍に拝謁するときですら、こんなに緊張したことはない。

刻限になった。本陣暗四郎が到着した気配はない。自分の方から時と場所を指定しておきながら、なんの気配もない。

「暗四郎はまだ来ぬか。余を待たせるとは無礼ではないか」

意忠は升右衛門をなじった。

「はい。間もなく参上するものとおもわれます」

升右衛門は平身低頭して、暑くもないのに汗をかいている。

「本陣暗四郎、とうに参上しております」

いずこからともなく、低いが、よく通る声が聞こえた。

「なに、とうに着到しておると。ならばなぜ、姿を見せぬか」

意忠は驚いて、声の源を探した。

「恐れながら、闇法師、闇に常住してござる。魚は水に、鳥は空に、闇法師は闇にあってこそ闇法師でござる」

と声は答えたが、八方の方角から来るようで、源はわからない。咫尺《しせき》の間《かん》（至近距離）に侍るようでもあれば、距離があるようでもある。

「なるほど。闇に常住しておるか。それにしても、気配を悟られることなく、余の側近まで迫ったとは恐ろしいやつ」

意忠は舌を巻くと同時に肝が冷えた。

　郭外の若狭屋別邸まで出向き、得体の知れぬ闇の忍者との会見であるから、意忠は厚い警護陣に囲まれている。ここまで入り込むためには、何重もの警護陣を突破しなければならない。

「必要とあれば日比谷御門のお邸まで参上仕ります。されど、それはご迷惑かと存じまして、こちらにまかり越しました」

　暗四郎は平然たる口調で言った。意忠の心の内を読んでいる。

　意忠が近侍の者に、暗四郎の居場所を突き止めよと目配せすると、

「ご無用になされませ。身、在り所《あどころ》知られるようであれば、参上仕りませぬ」

　と逸速く意忠の目の色を読んで制した。完全に暗四郎に主導権を握られている。暗四郎にその気があれば、意忠はこの場で討たれるであろう。改めて恐ろしい相手を呼び出したことを実感した。

「聞きしに勝るものよな。家祖・意宗様が闇法師を強く推した意味を改めて実感したぞ。頼もしくおもう。其方どもを召し出した余の目に狂いはなかった」

　意忠は意宗以来の榊家と闇法師との縁を強調した。味方につければ百万の兵力に匹敵するが、敵にまわすと限りなく恐ろしい相手である。

「恐れ入り奉ります」

意宗の恩はおぼえているらしい。おぼえていたればこそ、暗四郎直々に参上したのである。

「大儀である。其方ども闇法師を、余の預かりとして召し出し、申しつけることがある」

意忠は口調を改めた。

「なんなりとお申しつけくださりませ。ただし、お引き受けいたすもいたさぬも、当方が判断仕る」

「それは困る。いったん話したからには、是が非でも引き受けてもらわなければならぬ」

「拙者、天下の秘密を告げられようと、死しても口を割り申さぬ。受けるも受けぬも拙者の一存。それがならぬと仰せであれば、本日のご面謁はなかったものとおぼし召されませ」

早くも暗四郎の声が遠ざかりつつあるようであった。

「待て。しばし待て。死しても口を割らぬと申すか」

「御意」

「そちの言葉のみを信じて、大事を打ち明けるわけにはいかぬ。死しても口を割らぬ証拠を見せよ」

一拍静寂が落ちて、ひゅっと空気を切る気配がすると、意忠がもたれていた脇息（肘掛け）に小柄《こづか》が突き立った。側近が刀の柄に手をかけ、総立ちになった。

「ただいま拙者、居所を明らかにしてござる。闇に住む者が居所を明らかにするは、死を覚悟したときのこと。死しても耳に告げられた大事は洩らさぬ証《しるし》でござる」

暗四郎の声が追いかけてきた。小柄を投げたことによって、居場所を自ら明らかにしたはずであるが、親衛の家士たちは依然として彼の位置を確認できない。暗四郎にその気があれば、小柄で意忠の身体を縫うのはたやすかったはずである。

「わかった。其方を信ずる」

闇の常住者が故意に的をはずした小柄を投げて、自らの位置を明らかにしたのは、命を賭けたと評価してもよいであろう。

それにもかかわらず、小柄の源を探し当てられないのは、当方の未熟である。あるいは未熟を見抜いた上で小柄を投げたのかもしれない。いずれにしても暗四郎は、命を賭けた。

「御前のそのお言葉を待っておりました。御前御自ら仰せられる必要はござらぬ。御前の仰せ出だしはおおかた察しており申す」

「なんと、余の意図を察しておるとな」

意忠は驚いた。闇法師との秘匿会見の意図は、まだだれにも話していない。仲介の労を取った升右衛門にすら洩らしていない。

「御意」

「……ならば、申してみよ」

「お人払いなさらなくてよろしいので……」

暗四郎の口調が皮肉っぽくなった。人払いには護衛陣も含まれる。意忠は無防備で暗殺専門の忍者集団の統領と向かい合うことになる。

一拍ためらった後、意忠は側近にさがっておれと命じた。側近は驚いた。

「殿、それはあまりにも危険でございます」

親衛隊長を兼ねる小姓頭が言った。

「案ずるには及ばぬ。その気があれば、とうに刺されておるわ」

意忠は苦笑した。小姓頭が面目なげに俯《うつむ》いた。小柄の飛来を防げなかったばかりではなく、その源すらまだ突き止められない。意忠の脇息に突き立った一本の小柄は、その警衛陣の無能ぶりを露呈してしまった。

意忠は升右衛門にも目配せした。客殿に意忠はただ一人取り残された。

「余と其方以外はだれもおらぬ。申してみよ」

「されば……熊谷……改め山羽鹿之介を亡き者にせよとの御諚と推察仕ります」

「其方……」

意忠はぎょっとなった。野に下り、闇に潜んで久しい闇法師の統領が、まさかそこまで正確に見通していようとはおもってもみなかった。驚愕のあまり言葉がつづかない。

「其方、だれから洩れ聞いたのか」

ようやく言葉を押し出した意忠は、まだだれにも話していないことを忘れている。

「左様な大事、御前お一人の胸の内に畳み込まれておりましょう。拙者の推測にすぎませぬが、御前と山羽家世継ぎ騒動の際、御前のおさきの方に対する肩入れ。その後、鹿之介が山羽家の世継ぎと決まり、隣藩の立石家に先代ご落胤が押しつけ養子となってから、養子の常軌を逸した乱行ぶりに、将軍自ら内密に刺客を差し向けた次第。このばか婿が来る以前は友好関係にあった山羽・立石両家は、藩境を挟んでにわかに険悪となり、鹿之介の外臣と称する娼婦がばか婿に殺害されるに及び、鹿之介自ら報復に出た由。

御前にとってはこの両家の紛争と、ばか婿の暴虐、鹿之介の世継ぎたる身分をわきまえぬ行動は、両家を取り潰す絶好の口実と見ました。しかしながら、鹿之介の行動はばか婿の暗殺を仕組んだ将軍の御意に適い、へたに鹿之介に手を出すと命取りになる虞《おそれ》あり。そこで闇法師にお声がかかったと愚考仕ります」

暗四郎の言葉を聞いている間に、意忠は背筋が寒くなってきた。地下に潜った一介の忍者が、ここまで幕政の極秘事項に通じていることに、単なる刺客に留まらぬ恐ろしさを感じた。

「そこまで察しておるのであれば、もはや余が付け足すべきことはない。其方に申しつける。よきに計らえ。本日より、闇法師一党の内曲《うちわ》預かりとする。ただし、あくまでも余と其方二人の間だけの申し合わせである。なにが起きても余に累を及ぼすまいぞ」

「心得ております。御用の趣きはすべて若狭屋よりお伝えくださいませ。すでに鹿之介は死んだも同然。なにとぞご安堵《あんど》召されよ」

「侮るでないぞ。鹿之介は稀代の剣客。また恐るべき手練の女忍《くノ一》がついておる」

「女忍《くノ一》ごときは子供騙しでござる。また鹿之介の剣など、所詮、殿様芸。我が一党の一人を送れば決着がつくこと」

暗四郎は含み笑いをしたようである。それが決して大言壮語ではないことを自ら実証している。

「吉報を待っておるぞ。一党の手当は若狭屋より下しおくであろう。大儀であった」

暗四郎の気配はすでに消えていた。

この間、彼は意忠の至近距離にありながら、ついにその位置を悟らせなかった。

宿命の守護神

隆元の失脚後しばらく平穏がつづいた。破水とおみねが長屋に移住して来たので、警備力は充実している。

このまま螺旋道場一味が黙っているとはおもえないが、吉原での襲撃がよほどこたえたらしく、家良はおとなしくしている。これ以上、乱行をつづけていると、おのれの身分が危ないと本能的に悟ったようである。本人が自粛しているので、螺旋道場としても勝手には動けない。

だが、るいの顔色は冴えなかった。

「るい、いかがしたのじゃ。其方らしくない顔じゃの」

鹿之介が敏感に察した。

「わかりますか」

「それはわかる。お主と何年つき合っておる」

「兄・妹としてでしょう」

るいが少し怨みがましい口調になった。

「そうじゃ。そうではないと申すか」

「兄・妹ではわからぬこともあります」

「そうかの。わしはわかっておるつもりだが」

「いいえ、兄上はなにもわかっておりませぬ」

「わからぬ方がよい場合もあるぞ。だが、其方の顔色、このごろ気になる」

「お気にかけていただいて嬉しゅうございます」

「なんとなくよそよそしい口調じゃの」

「そんなことはございませぬ」

「ならば申してみよ。なにを気にかけておるのじゃ。そなたの顔に、心になにか引っかかっておると書いてある」

「ならばお読み解きくださいませ」

「わしに読めぬ字で書いてある」

「兄・妹では読めぬのでございましょう」

「ならば、どうすれば読めるのじゃ」

「ですから、兄君は天鈍《てんどん》なのです」

「てんどん？」

「その方面には生まれつき鈍いことを、天鈍と申します」

「わしは天鈍か。ならば、其方は天才じゃ」

「左様なことをただいま申しているのではございませぬ。せめて私の顔に書いてある文字を読み解くようにおなりくださいませ」

鹿之介はるいの気持ちがわからぬではない。鹿之介もるいを愛しいとおもう。だが、幼いころから妹として暮らしを共にしてきたので、異性として見ることにためらいがある。

るいを異性として見るなら、彼女を超える異性は鹿之介の周囲にはいない。鹿之介が他の女性《にょしょう》に目がいかないのは、るいがいるせいかもしれない。

るいには異性として惹《ひ》かれてもいるが、異性として見てはならないという自戒がある。るいは鹿之介にとってすべてであった。妹であり、異性であり、そして守護神である。彼女なくしては生きてはいけない。

だが、すべてを含んでいるるいに対して、異性として接することに畏《おそれ》を抱いている。それは妹と守護神を冒瀆することになる。せめて守護神でなければ、妹だけの冒瀆であれば耐えられるかもしれない。

そんなことをるいに説明しても、わかってもらえないであろう。るいに天鈍となじられたが、すべてを呑んでの天呑《てんどん》である。

「そなたの顔色、なにかを含んでおるな」

るいの顔色にはいつもとちがう異質のものがあった。これまでるいが決して見せたことのない顔色である。それはなにかに怯えているような色であった。これまでるいが怯えたことはない。彼女を畏怖させるようなものがこの世に存在するとはおもえない。

「兄上には隠し通せませぬ」

「申せ。なにが引っかかっておるのじゃ」

「不吉な胸騒ぎがするのです」

「胸騒ぎだと……」

「虫の知らせとでも申しましょうか、かつてない凶悪な敵が兄上に襲いかかって来るような不吉な予感がしきりにします」

「凶悪な敵であれば、これまで何度もまみえておろう。螺旋一味や妖狐のおしながまたぞろ動き始めたか」

「きゃつらとは異なる方角に気配を感じます」

「いずれの方角から来ようとも、わしにはそなたがついておる」

「負けるとはおもいませぬが、勝てるともおもえませぬ」

「そなたからそのような言葉を聞くのは初めてじゃな」

「私も初めてまみえる敵のようにおもいます」

「これまでも初めてまみえた敵ばかりではないか」

「いずれも強敵。まだ螺旋一味や妖狐のおしなとは決着がついておりません。しかし、きゃつらにはゆとりを残して闘ってまいりました。されど、この度感ずる敵の気配は、持てる力を出しきった上に、さらに力を振り絞らなければならぬような迫る力をおぼえます」

「別の方角とは、どの方角か見当がつくか」

「まだぼんやりと靄《もや》ってはおりますが、日比谷門の方角かと……」

「日比谷門と申せば、榊意忠……」

「はい」

「榊ならば、これまでにも向かい合っておるではないか」

「正面から向かい合ったことはございませぬ。おさきの方一味、若狭屋、また立石藩の背後にも榊の気配はおぼえましたが、今度《こたび》は榊そのものの気配が靄っているようにおもいます」

「すると、影法師を動かすか」

「影法師であれば、牙が抜けており、恐るるに足りません。それに榊は影法師を預かってはおりませぬ」

「すると何者か……」

「まさかとはおもいますが、祖父上の祖父様のころ、影法師と将軍家御役を争い、敗れて地下に潜った闇法師なる忍者集団がおると聞いています」

「闇法師か……その闇法師とやらと榊がどこでつながっておるのか……」

「祖父上から聞きましたが、そのとき闇法師の登用を強く推挙したのが榊意忠の遠祖と聞いております」

「榊の遠祖が推挙した闇法師なる忍者集団を、何故いまごろになって榊が呼び出すのか」

「兄上、榊が山羽藩を狙っていることを忘れてはなりませぬ。榊にしてみれば、山羽藩と立石藩の紛争は勿怪《もっけ》の幸い。両家を取り込む絶好の口実でありましょう。しかしながら、兄上は将軍の御意に適っております。榊の政敵である板倉隼人正も我が方と見てよいでしょう」

「ならばなぜ……」

「さればこそ、兄君を失えば、山羽藩は後嗣を失い、立石藩との紛争を絡めて両家同時改易の恰好の口実をあたえてしまいます。そこが榊の狙いでありましょう。隆元を失った榊が、板倉隼人正に押されている退勢を一挙に覆す成否が兄君にかかっております」

「つまり、榊が闇法師と結んで、わしに仕掛けるというのか」

「私のおもい過ごしかもしれませぬ。されど、隆元を失った榊が失地回復のための最も効き目のある手立ては、兄君を取り除くことです。そして、地下に潜った闇法師こそ、榊の最強の隠し兵器です。

きゃつらは累代にわたって地下に潜り、怨みを蓄え、闇に潜んで世に出る機会を狙いながら、牙を磨いております。養われて肥え太り、牙を失った忍者や用心棒と異なり、闇の底を這いずりまわりながら、生きるために身につけた技は人間技ではありませぬ。きゃつらは人間ではない」

「人間でなければ、なんだ」

「化け物か、あやかしです。闇法師とはまだ確かめられていませんが、当分、私が兄君に貼りつきます。螺旋一味は家良に動きがないので、長屋の方は和尚がついていれば大丈夫でしょう」

「闇法師がこの藩邸まで仕掛けて来るというのか」

「闇法師はその気になれば、江戸城にでも仕掛けます」

「警備の厚い藩邸に仕掛けずとも、わしが外出をしたり、長屋に出かけたときを狙えばよいではないか」

「闇法師であれば、それはしません」

「なぜだ」

「藩邸外で仕掛ければ、螺旋や妖狐の仕業とおもわれます。藩邸に仕掛けられるのは闇法師だけです」

「藩邸でもしものことがあったとしても、急病死ということにされてしまえば、別の世継ぎを立てられるぞ」

「きゃつらならば、証拠を持って帰ります」

「証拠だと？」

「はい。討った人間の首を取って帰りましょう」

「なんと」

鹿之介は唖然となった。

「首を持ち帰り、目立つ場所にさらすでしょう。藩邸の奥にあって、押し入った賊に首を取られた武士にもあるまじき不覚悟とされて、お家断絶の絶好の口実とされてしまいます。それが榊の狙いかもしれません」

山羽家後嗣が邸外、市中において討たれても不覚悟とするに充分であるが、藩邸内で首を取られ、市中にさらされれば救いようがない。鹿之介はるいが畏怖する闇法師の恐ろしさを初めて実感した。

その闇法師に榊が近づいている気配は、重大である。るいの感に触れたということは、かなりの確度があると見てよい。

るいはこれまでの知識に加えて、闇法師に関するあらゆる情報を集めた。まず敵を知ることが先決である。

自らの調査に加えて、庄内の闇の人脈を頼り、かなりの情報が集まったが、闇法師の実態は茫漠として烟《けむ》っていた。

ただ一つ共通していた情報は、これまでに発生した権勢者、要人、あるいは富豪などの原因不明の死は、闇法師の仕業らしいという噂が流れていることであった。

当然、厚い警護陣に護られている人間が、まるで赤子の手をひねるように殺されている。護衛の者を含めて、生き残った者はほとんどいない。

深傷《ふかで》を負いながら辛うじて命拾いをした者の証言によると、一人、あるいは数人のグループが、まるで煙のように侵入して来て、抵抗する間もなく鏖《みなごろし》に遭ったということである。いずれも凄まじい遣い手揃いで、かなりの腕達者を集めた護衛陣が、あっという間に蹴散らされたという。

一度闇法師に狙われたら、死んだも同然とささやかれているが、実際にはその影も形も見た者はいない。襲われて、生き残った者も、闇法師と確かめたわけではない。

凶行時、眠っていた者や隠れていた者は命拾いをしたが、現場に居合わせた者は猫や犬までが殺されていた。

共通した手口として、狙った主人の首、または手首、足首等を切断して持ち去っていることである。首や手首を切り離し、証拠として持ち帰る残酷な手口は、まさに闇法師である。たぶん依頼人に目的達成の証拠として見せるために持ち去ったものと見られる。胸におぼえのある要人や富豪は、事件発生後、戦々恐々となった。

だが、闇法師の犯行と見られる事件は頻発するわけではなく、いつの間にか忘れられたころに、江戸や上方で発生した。闇法師は拠点がなく、諸国を放浪しているようであった。

集まった情報によると、現在確かめられている闇法師は八名、統領・本陣暗四郎以下、神馬《しんま》天心《てんしん》、蚊爪式部《かづめしきぶ》、虫刈永伝《むしかりえいでん》、一丁字右近《いっちょうじうこん》、針ケ谷鳥雲《はりがやちょううん》、忍海部源斎《おしみべげんさい》、呑海《どんかい》である。その特技は不明である。

八忍は確かめられているだけで、そのほかにも隠れている闇法師がいるかもしれない。

るいは自分の直感を信じ、集めた情報に基づいて藩邸の警備を強化した。どんなに強化しても、闇法師は来るであろう。るいにも鹿之介を護り通せるかどうか自信がない。だが、一身を盾にしても護り通さなければならない。

「近ごろ、邸内に猫が増えたな」

鹿之介がつぶやいた。

たしかに庭のあちこちに猫の姿を見かけるようになった。藩邸内に野良猫が紛れ込むはずはない。

「こぞが友達を連れて来たのでございましょう」

るいが澄ました顔で答えた。

るいは破水からこぞを借りて来ている。どうやらこぞと一緒に十数匹の猫を連れて来たらしい。藩邸には猫好きの者が多く、それぞれに餌をあたえて可愛がっているらしい。

鹿之介が後嗣として決定した後も、不安定であった藩邸内の空気が、猫の群が来てから落ち着いてきたようである。

猫の群の頭はこぞである。破水の寺で比類ない指導力を発揮して、境内やその界隈に住み着いている野良猫の大群を支配していたこぞは、破水から藩邸に〝派遣〟される際、選りすぐりの子分猫を率いて来たようである。

家中の者は猫と親しくなり、猫のおかげで反目していた者たちも、次第に融和するようになっていたが、まだ猫の群の本領を知らない。ただ、るいが落葉長屋で可愛がっていた野良猫の群を連れて来たくらいにしかおもっていない。

不思議な現象が家中に生じていた。猫の嫌いな者も猫が家中を横行闊歩していると、次第に猫好きになってくる。家中が二派に分かれて対立していたころは、猫も犬も一匹もいなかった。後嗣決定後、おさきの方や鮫島兵庫は失脚したが、対立の尾は残っていた。それが猫を緩衝にして、穏やかに融合してきたようである。

猫は家中の派閥に関わりなく歩きまわる。奥向きの腰元の床の中にまで入り込んで行く。最初は、きゃあと悲鳴をあげていた奥女中も、いつの間にか猫と一緒に寝ている。猫の数が足りなくて、奪い合うようにすらなっていた。

その様子を見て、るいが密かにほくそ笑んでいる。もちろん鹿之介やるいの身辺にも、こぞ以下、数匹の猫が常に屯《たむろ》している。猫は犬とちがって人間に媚《こ》びない。猫が芸をしないのは、できないからではなく、人間に媚びていないのである。それでいて、その愛らしい仕種《しぐさ》は人間を魅了する。

猫の群が速やかに家中に溶け込んだのは、藩主・正言が先頭を切って猫好きになったせいもある。いまやこぞを指揮者とする猫軍団は、家中にとってなくてはならない存在になっていた。

その夜深更、るいの近くの専用の寝床に寝ていたこぞが、妙な鳴き声をした。ほぼ同時にるいは目を覚ましていた。野分《のわき》（台風）の影響で風の強い夜であった。まだるいの五感には触れていないが、こぞに触れるものがあったらしい。

るいはためらわず隣り合っている鹿之介の寝所に入ると、

「来ました」

と一言を伝えた。鹿之介はすでに目を覚ましていた。

「きゃつらか」

「まちがいなく」

るいが答えると同時に、数匹の猫も鳴きだした。

「わかった。かねて手筈の通りでよいな」

鹿之介が言った。

「御意」

るいはうなずくと、寝所の一隅に仕掛けてある綱を引いた。綱の一引きによって、全警備陣に戦闘配置につけと指令が伝わる。

敵はるいの感に完全に触れた。兵力七ないし八。総力で仕掛けて来たらしい。気配は頭上にある。彼らは屋根の上にいる。敵は空から来た。さすがは闇法師、意表を衝く仕掛けである。

おそらく大凧にでも乗って飛んで来たのであろう。こぞの勘は空にも及んでいた。さすがの闇法師もこぞという人間技の及ばぬ感知器《センサー》を備えていることは計算に入れていなかったであろう。

そして、るいは頭上にも目を配っていた。長屋衆には名大工の組太郎と、細工師の三太がいる。屋根にも備えを施していた。

屋根の気配がるいの感に触れるのとほとんど前後して、〝鶯《うぐいす》〟が派手に鳴きだした。屋根が鶯張りであったとは、闇法師も気がつかなかったようである。

さらに重量がかかった屋根が突然開口して、二個の黒い影が墜落した。落下する物体の下には針の山が植えてある。

だが、針先が触れるか触れないか際どいところで、黒い影の落下が止まった。屋根に留まっていた仲間の影が、落下する黒い影に縄を投げて宙に止めたのである。

縄は動物の腱ででもできているのか、発条《バネ》性があり、その反動を利用して、落下した黒い影は屋根の上に跳ね戻った。跳ね上がる際、黒い影はなにかを投げ落とした。

黒い影が屋根に跳ね戻るとほとんど同時に、投げ落とされた物体は火を噴いた。火はたちまちその触手を拡げた。火炎瓶のようである。だが、開口した屋根はするすると閉じて、火の手は見えなくなった。

密閉された空間に酸素の補給を断たれた火の手は、たちまち勢いを失った。四方の壁から注水されて、火の手は息の根を止められた。

「小癪な真似を」

屋根の上の集団はせせら笑ったが、屋根の細工に初撃の気合を削《そ》がれたことは確かである。

屋根上の影集団が屋内に侵入する前に、四方から注水された。水と見たのは異臭を放つ液体である。母屋を囲む庭上から竜吐水で屋根の上に注水しているらしい。

「もう一度火を放ってみよ。ほどよく仕上がるであろう」

庭上からるいの涼しい声が届いた。

屋根上の影集団は液体を油と知って、愕然とした。うろたえて逃路を探そうとした弾みに、摩擦力《グリップ》を失った足が屋根に滑り、屋根の勾配に引かれて落下した。加速がつくと止まらない。彼らは積み重なるようにして、次々に庭に落ちた。

庭には次の仕掛けが待っていた。さすがに無様な落ち方はしない。宙に反転して、猫のように着地した彼らに、頭上からふんわりと舞い落ちてきたものがある。蚊帳売りの清三郎が投げた蚊帳である。切り払おうとしたが手応えがなく、粘りつくように全身に絡みついた。

そこに待ち構えていた家中の警備陣が、喊声をあげて襲いかかった。

寝所に待機していた鹿之介は、騒動が屋根から庭上に移動している気配を測っていた。るいからこの場を動くなと言われている。

奥まった鹿之介の寝所は、藩主・正言の居室と共に最も安全な場所である。鹿之介は庭上に移動している気配に、るいの作戦が功を奏していることを察知した。

邸内にもさまざまな仕掛けが施してあるが、なるべくならば庭で始末をつけたい。それにしても、屋根にまで備えを施していたるいの先見に、鹿之介は舌を巻いていた。屋根からの「まさか」を闇法師は衝いてきて、るいはまさかの備えを立てていた。

そのときかたわらにいたこぞが、にゃあと鳴いた。はっとした瞬間、凄まじい殺気が鹿之介を襲った。紙一重の差で躱《かわ》したのは、技よりは自衛本能である。

「推参なり」

　と叫んで襲撃を躱したものの、敵の所在も武器の種類も不明である。後《ご》の先《せん》すら取れない。

　息つく間もなく、次々に仕掛けられた。鹿之介は防戦一方である。屋根から庭に防衛陣の注意を惹きつけ、別動隊が鹿之介を襲って来た。主力と見せかけた屋根の方が別動であったとは……。さすがは闇法師である。

　鹿之介は防戦一方に逃げ、躱しながら、るいに救援を求めることもできない。逃げまわるのに精一杯で、そんな余裕がない。恐るべき殺気が鹿之介を取り囲むすべての空間に充満しているようであった。反撃の隙を見いだすどころか、受け止めた太刀を捥《も》ぎ取られた。

　そのときになってようやく、鹿之介は敵の武器が鞭であることを知った。単なる鞭ではない。身体に触れれば肉を切り裂き、骨を抉《えぐ》り、身を守る武器に絡みついて捥《も》ぎ取ってしまう鞭である。この変幻自在の鞭に対応すべき術はない。ただ、逃げまわっている間に、逃げも躱しもできぬ窮地《コーナー》へ追い込まれていく。

一方、庭上では蚊帳に搦め捕った集団に襲いかかった家中の警備陣が、悲鳴をあげた。なんと蚊帳を絡みつかせたまま、集団は一体となって立ち上がり、蚊帳の面積一杯に拡がって反撃してきたのである。蚊帳は警備陣を包み込み、呑み込んだ。

家中の警備陣を包み込み、彼我渾然となった蚊帳の塊に火をかけることは不可能になった。

蚊帳に捕えた影の集団を火攻めにかけようとしていたるいは、敵の意外な動きにたたらを踏んだ。そのときいつの間に来たのか、こぞが足許で鳴いた。るいは一瞬の間に鹿之介に危機が迫っていることを悟った。

「るい、ここはわしに任せよ。若君を護れ」

耳許に孤雲の声がした。

「祖父上、頼みまする」

後は孤雲に託して、るいは鹿之介の寝所に走った。こぞが先導するように走る。

「兄君、るい、ただいま参上。凌《しの》いでくだされ」

るいは走りながら呼ばわった。

絶体絶命の窮地に追いつめられたとき、ふたたびこその声がして、

「るい、ただいま参上」

と頼もしげな声が届いた。鹿之介は生気を取り戻した。

仕留めの鞭の触手を中身を失った鞘に絡めると、脇差を抜き放ち、初めて反撃の一振りを送った。切っ先は空を斬ったが、その鋭い太刀筋に敵は少したじろいだようである。鹿之介はるいの救援を得て、盛り返す勢いに乗った。

「さすがは山羽鹿之介、よくぞわれの鞭を躱した」

鞭の主はまだ余裕をもった声で言った。

「察するに本陣暗四郎、生きて山羽藩邸から出られるとおもうな」

「ふふ、笑止な。女忍《くノ一》とまとめて、一石二鳥じゃ」

暗四郎は口中に笑いを含んで、姿勢を二人に向けた。鹿之介に集中していた鞭は、新たな敵に向かって二分されても少しも衰えることなく、むしろその破壊力を強めて襲いかかった。

暗四郎はいつの間にか両手に鞭を操っていた。両手から迸《ほとばし》り出る鞭は、まったくつけ込む隙がない。

るいが鹿之介の背後に隠れた。暗四郎の鞭が不審に揺れた。鹿之介を庇うべきるいが、鹿之介の背後に隠れた？　その意図を怪しんで、暗四郎の鞭が揺れたのである。

るいはその一瞬を逃さなかった。鹿之介の背後から、るいは飛び上がった。頭上に跳躍したるいに、一瞬気を取られた暗四郎に、鹿之介が必殺の突きを送った。辛うじて躱したが、切っ先がかすった。暗四郎にとってはかすられただけで屈辱であった。

鞭の勢いがめっきりと弱くなった。頭上から落下する加速をつけたるいが、手槍を突き出した。呼吸を合わせて鹿之介が必殺の追撃を脇差に込めた。暗四郎は両手にした鞭を振るって、るいの手槍と鹿之介の脇差を払い落とそうとした。

鞭の先端は生命あるもののごとく、手槍と脇差の切っ先に絡みつき、巻き落とすかに見えたが、加速に乗ったるいの手槍が一拍早く、傘のように開いた。それは手槍ではなく、まさしく傘であった。傘の柄の先端が槍のように尖り、傘は車輪のように回転して、暗四郎の右手から鞭を巻き取ってしまった。

左手は鹿之介の脇差を巻き落としたが、暗四郎の右手は空になっている。その空白を狙って傘の先端が暗四郎の胸に突き刺さった。したたかな手応えに、るいは仕留めたと確信した。だが、暗四郎は平然として、

「それで刺したつもりか」

とにやりと笑った。

るいは一瞬、我が目を疑った。手応えからして致命傷をあたえたはずであるが、敵はびくともしない。るいがさらに深く抉り込もうとしたが、傘の先端は暗四郎の身体深くくわえ込まれたまま、突いても引いてもぴくりとも動かない。刺入口は傘槍の穂先にぴたりと蓋をされた形で、血も出ていない。

傘槍に串刺しにされながら、暗四郎はむしろるいを圧迫していた。鹿之介は得物を失っている。一見、優勢に立ったかのような暗四郎が激しく身体をねじった。暗四郎のひねりに耐えられず、るいはおもわず傘の柄を離してしまった。るいにはあり得ぬ不覚である。

次の瞬間、るいと鹿之介は信じられぬ光景を見た。傘の先端に突き刺されたまま身体をひねって、るいから武器を捥ぎ取った暗四郎は、傘槍を抜き取った。

抜き取った痕から血が一滴も出ない。そんなはずはない。るいの傘槍は暗四郎の胸板を深く抉っているはずである。

抜き取りざま傘槍を畳んだ暗四郎は、鹿之介目掛けて投げ返した。一瞬の間に攻守逆転されたるいの援護は及ばない。

その瞬間、黒い影の塊が傘槍と鹿之介の間に跳躍した。必殺の傘槍は黒い影に阻止された。空中にぎゃっと悲鳴がわいて、黒い影が割れた。血を噴きながら床に落ちて弾んだ黒い影は、こぞに率いられた猫集団の一匹であった。健在な他の猫は闇の奥に逃げて、光る目で暗四郎を睨んでいる。

猫の援護を受けて、鹿之介は辛うじて傘槍を躱した。

一方、庭上では彼我渾然となった蚊帳の内外で死闘がつづいていた。闇法師を搦め捕った蚊帳に、家中の警備陣が巻き込まれたために、火攻めにできない。うろたえている間に、蚊帳の中では家中の侍が虫のように刺し殺されていく。蚊帳の中という同じ条件では、家中の武士は闇法師の敵ではなかった。

そこに駆けつけた孤雲は、ためらわずに蚊帳を切り払った。孤雲は家中の死を救うと同時に、闇法師を解放してしまった。

「敵は老いぼれ一人だ」

闇法師の眼中に家中の武士たちはない。

「ただの老いぼれではないぞ。気をつけろ」

さすがに闇法師は、孤雲が尋常の者ではないことを見抜いていた。闇法師は七人、家士を救うために孤雲は七人の超常の忍者と向かい合ってしまった。

蚊帳に捕捉されながらも、見事な連携を取って家中の警備陣を押さえ込んだ闇法師は、ただ一人の孤雲を包み込もうとした。孤雲を助けようとした家士三名が、大根のように斬り落とされた。

「手を出すでない」

孤雲は家中の者に呼びかけ、「竜吐水二番」と叫んで、自ら敵の輪の中に飛び込んだ。多数を相手にするとき、敵勢の中央に身を置くことは、最も不利な環境に飛び込むようなものである。闇法師集団は孤雲の自殺的な行動を怪しんだ。

「老いぼれめ、血迷ったな」

「飛んで火に入る夏の虫だ」

気負い立って包囲の輪を縮めかけたとき、孤雲もろとも闇法師は竜吐水の水を浴びせられた。

「ばかめ、同じ手を食うか」

闇法師はせせら笑った。いくら油を浴びせかけても、孤雲もろともに火攻めにはできぬ。だが、浴びせかけられた液体は油のようでいて、油ではなかった。自ら闇法師の円陣の中央に身を投じた孤雲は、体軸を中心に回転しながら剣を旋回した。

多勢に驕って円陣を絞っていた闇法師は、際どい間合いであったが、余裕をもって孤雲の剣尖を躱そうとした。だが、身の動きがいつもとは異なった。竜吐水から浴びせかけられた液体が、彼らの身体の動きを重くしている。闇法師はそのとき初めて、その液体が強い粘着力を持っていることを悟った。

「ばかめ。だれが自ら夏の虫になるか」

孤雲がうっそりと笑って、空蟬《うつせみ》のように表衣を脱ぎ捨てた。それは合羽《かっぱ》であった。

闇法師が愕然としたときは、孤雲の一層回転速度を増した手練の剣がうなりを立てて旋回した。剣を握ったままの手首が宙に飛び、足首や指や耳が血と共にばらまかれた。孤雲は特殊な履き物を履いているらしく、地上に固定されたかのような闇法師の間をすり抜けながら、剣を振るった。

「退け。退け」

闇法師の一人が叫び、庭樹の幹に綱を投げた。さすがは闇法師、戦況不利を悟って、連携を失わず、手負った仲間を助けながら、綱をおのれの手足のように使って引き上げた。

孤雲には彼らを追撃する余裕はない。鹿之介とるいの身が気になった。庭上の闇法師は囮であり、鹿之介に敵の主力が向かっている。るいの救援が間に合ったかどうかも不明である。

孤雲はそのまま倒れ込みそうな老骨に鞭打って、鹿之介の寝所に走った。


こぞ率いる猫の集団に必殺の返し技を躱された暗四郎は、少しも動ぜず、背負っていた忍者刀を引き抜いた。それに対してるいと鹿之介は武器を失っている。致命傷を負いながら、少しも戦力が衰えていない暗四郎が、あやかしのように見えた。

おもうに、生来の体質に加えて、鍛え上げた緻密な筋肉が、斬られても突かれても、一瞬の間に傷口を護謨《ゴム》のように修復してしまうのであろう。

暗四郎が構えた忍者刀の前で二人が身動きできなくなったとき、二個の物体が宙を飛んで来た。

「若君、るい、受け取れ」

孤雲の声と共に投げられた二振りの刀を、二人はしっかりと宙に受け止めた。形勢は一気に逆転した。孤雲を加えて三対一、不死身の身体ではあっても、暗四郎は確実に傷ついている。闇の奥からこぞ率いる猫の集団が目を光らせている。

本陣暗四郎は機会が去ったことを悟った。

「決着は後日」

暗四郎は一言残すと、床から飛び上がった。侵入口が天井にあるらしい。

「追うな。退路に必ずなにかの仕掛けが施してあるぞ」

孤雲が追撃しようとしたるいと鹿之介を制止した。

後で調べたところによると、母屋の屋根の一角が切り破られ、天井伝いに鹿之介の寝所に侵入した経路がわかった。侵入経路には逃走時に残置されたらしい毒を塗した撒き菱がばらまかれていた。

襲撃時まで時間をかけて邸内の見取り図を偵察していた模様である。屋根には数張りの大凧が残されていた。風力や風向や風速を予測して襲撃してきたものと考えられる。

我が方の備えよろしく撃退したが、改めて闇法師の恐ろしさを実感した。事前の調査が周到を極めている。単に超常の忍者集団であるだけではない。

我が方の損害は、家中の警備陣死者四名、重傷者一名、軽傷者三名を数えた。鹿之介、るい、孤雲は掠り傷も負っていない。

これに対して闇法師一党は、正確な損害は不明ながらも、統領・本陣暗四郎以下、数名は重軽傷を負わせているはずである。山羽藩邸庭上から発見された食指（人指し指）、高々指（中指）、季指（小指）の三本の主は、それぞれ異なるものと推測され、合わせて保存された左の耳朶《みみたぶ》と共に、家中の士にそれらを失った者はいない。

孤雲によって斬り落とされた闇法師一味の身体の部分と断定されたが、孤雲が確かな手応えと共に斬り落としたはずの一味の手首や足首が見つからない。おそらく引き揚げ時に負傷者と共に集め戻して行ったものとおもわれたが、さすがに闇法師、襲撃に失敗したものの、見事な引き際であった。

それにしても、致命傷に近い深傷を負いながら、血一滴も残さず、行動（戦闘）能力を少しも減殺せずに悠然と立ち退いて行った統領・本陣暗四郎は不死身である。

るいは傘槍によって暗四郎を充分に突き刺した手応えをおぼえながら、それで刺したつもりかと嘲笑われたときの驚愕がトラウマとなって、心身に刻まれている。あの化け物とは二度と立ち合いたくない。

だが、暗四郎が「決着は後日」と言い残したように、必ずまた対決するであろう。煮ても焼いても食えぬというが、突いても斬ってもびくともしない化け物を相手に、どのように闘えばよいのか。るいは確実に一本取っていながら、むしろ敗北感に打ちのめされていた。

「案ずるには及ばぬ。暗四郎にも必ず弱みがある。その弱みを見つけるのじゃ。おそらく暗四郎に一本取った者はるいだけであろう。敵はそなた以上に心身共に傷ついておる」

と孤雲はるいを励ました。

孤雲自身、一人よく闇法師七忍を相手に奮闘し、掠り傷も負わずに敵数名にかなりの損傷を負わせた。手応えからして、二人ないし三人は二度と武器を握れぬ身体となったはずである。闇法師恐るるに足らずという感触を持った。

その勝因は、長屋衆が発案した日常の暮らしの用具を転用した武器である。るいが不死身の本陣暗四郎を突き刺した傘槍も、細工師・三太が考案した武器であった。庶民の知恵が暗殺専門の忍者集団・闇法師を圧倒したのである。この事実は高く評価すべきであろう。

るいは闇法師との第一戦を引き分けとしていたが、孤雲は勝利と見なした。だが、るいの控え目な評価を孤雲は認めた。戦果を謙虚に評価することによって、次の作戦を学ぶのである。

鹿之介はるいの守護神としての偉大な力を改めて実感した。本陣暗四郎に武器を捥ぎ取られ、なすことなく佇立した鹿之介をるいが救援して、暗四郎を圧倒した。あやかし対守護神の闘いに、るいは紛れもなく一勝している。尋常の勝負ではない。鹿之介を庇いながらのあやかしとの闘いに勝ったのである。吹く風にも耐えぬような手弱女《たおやめ》のるいが、不死身の忍者・闇法師の統領を圧した。

鹿之介はるいの威力を目の当たりに見せつけられて、守護神としての畏敬の念よりは、吹きつけるような艶色をおぼえた。雄を惹きつける雌のフェロモンである。

鹿之介はまだ闇法師との死闘の余塵が鎮まらない現場で、るいを押し倒し、その身体を開きたい衝動に駆られた。それに耐えられたのは、るいに対する宗教的な姿勢ではない。孤雲が駆けつけて来たからである。もし孤雲が来なければ、確実にるいを押し倒していたであろう。

そして、るいは決して鹿之介を拒まないことがわかっている。これほど激しく求め合いながら、男女の仲に入れない。もしもそれが二人の宿命であれば、なんと悲しい宿命であろうか。

（守護神でなくともよい。るい、女として我がそばに来よ）

と鹿之介は心の内で呼びかける。

二人の間には目に見えぬ障壁が立ちはだかっている。それは宿命の障壁である。運命は自ら切り拓《ひら》き、つくり上げていくものであれば、宿命は自分の力ではどうにもならない他律的な強制力である。つまり、鹿之介の人生は他から強制されていることになる。それに反抗したり、拒否したりすることはできないが、宿命から逃げることはできそうな気がした。

るいと手に手を取って宿命から逃げる。そしてだれも知る者のいない小さな町や村に隠れて、二人だけで静かに暮らす。そんな人生をふと夢想した。三十二万石の太守と、それを維持するための戦いや責任の重さに比べて、それはなんと人間らしい幸せに満ちた暮らしであろう。

だが、鹿之介の心のどこかでは逃げることを拒否していた。その拒否の意思はだれからも強制されているわけではない。自発的な意志である。となると、結局、宿命も自らの意志で向かい合っていることになってしまう。鹿之介は、逃げることを自ら拒んでいるのであれば、るいと共におのれに背負わされた宿命を突きつめてみようと、自分に言い聞かせた。

闇の雇い主

榊意忠は深刻な衝撃を受けていた。闇法師が総力を挙げて襲ったにもかかわらず、鹿之介を討ち漏らした。ただ討ち漏らしただけではなく、無敵を誇った闇法師がかなりの痛手《ダメージ》を被ったようである。

若狭屋升右衛門を介して報告を受けた意忠は、

「闇法師一人を派遣すれば決着がつくとほざいた広言はどうしたのだ。公儀に養われて牙を失った影法師と、なんら変わるところはないではないか。累代、闇の底で磨いたはずの牙はどうした。そんな丸い牙では鼠一匹捕まえられぬであろうが」

となじった。升右衛門は平伏したまま返す言葉もない。

升右衛門と共に目通りを許された番頭や供の者数人もひたすら恐懼《きょうく》して、面を畳にこすりつけている。いずれも升右衛門の腹心として、意忠の見知りおきの者ばかりである。

「本陣暗四郎はなにをしておるか。大言を吐きながら、この見苦しきざま。升右衛門ではのうて、本人自ら推参して、この不始末を詫びるべきではないか。それとも面目のうて顔も出せぬか」

意忠は暗四郎が目の前にいるかのごとく升右衛門に向かって罵った。

「まことに面目次第もございませぬ」

と詫びた升右衛門の口調が、少し変わったように聞こえた。意忠は不審の目を升右衛門に向けた。

「拙者、闇法師の一忍・神馬天心と申します。まかり控えまするは蚊爪式部、虫刈永伝、忍海部源斎、呑海にございます」

升右衛門がまったく別の声になって申し告げた。

「其方ども……」

意忠は仰天した。

「いかにもそれがし、若狭屋升右衛門殿に相成り代わり、参上仕ってござる。ここにまかり越した四忍の者も、若狭屋殿の付き人に化けた闇法師にござる」

「さ、左様なことを、余の許しも得ずに……」

意忠は驚きのあまり言葉がつづかない。

「ご無礼の段、平にご容赦くださいますよう。今度《こたび》の我らの不調法、本来ならば統領・本陣暗四郎自らまかり越してお詫び仕るべきでございますが、暗四郎、意外の不覚を取り、ただいま傷養生に専念してござる故、拙者ども、代わってお詫びに参上した次第にございます」

意忠の側近は蒼白になって、彼の身辺を固めたが、闇法師一団の発する凄まじい迫力に、全身が麻痺したように強張っている。いま闇法師一味にその気があれば、意忠を葬るのはいともたやすいことであろう。意忠は体の芯から慄《ふる》えが上ってきた。

闇法師一味は若狭屋以下、番頭、腹心の者どもと寸分たがわぬように変装している。おそらく若狭屋の知らぬ間に彼らに化けて、推参したのであろう。

「な、何故、若狭屋に化けた」

意忠は震える声でようやく問うた。

「若狭屋殿に化けぬ限りは、お目通り叶わぬと愚考いたしました」

神馬天心と名乗った偽若狭屋が答えた。

「闇法師はあと二人いると聞いているが」

「御意。針ケ谷鳥雲と一丁字右近と申す者がおりますが、先夜少々手負いまして、傷養生をしてござる」

「暗四郎のほかに二人もやられたのか」

「面目次第もござらぬ」

神馬天心以下五名がまた平伏した。

「して、山羽側の損害はいかに……?」

「家中の侍、少なくとも四、五名は屠《ほふ》りましてござる」

「音に聞こえた闇法師が、統領以下三名手傷を負って、家士四、五人か……」

今度は天心は答えない。

「闇法師……見かけ倒しであったな」

意忠はあまりの惨敗に、闇法師の恐ろしさを忘れていた。

「申し開きはいたしませぬ。されど、闇法師の面目にかけて、このままではすましませぬ」

「口で言うはたやすい。証拠を見せよ」

「証拠を？」

「鹿之介、るい、孤雲、あるいはだれでもよい。敵の手強そうな首の一つも見せてもらいたいものじゃな」

意忠は闇法師が証拠として狙った的の首を、頼み人の見参に入れるという伝説をおもいだした。

「とりあえずご所望《しょもう》の首を仰せ聞けられとうござる」

「鹿之介の首を所望すると申しても、いまは無理であろう。そうじゃな、代首として押しつけばか養子などは手頃であろう」

意忠はおもいつくままに言った。家良の首とはいまおもいついたことであるが、将軍の御意にも適い、妙案であるかもしれぬ。

家良を立石家に押しつけたのは、もともと意忠の発案である。家良を討てば、幕府のご落胤押しつけ政策が崩れると考えていたが、必ずしもそうではないことに気がついた。

五十数人もいるご落胤の中の一人の押しつけ養子が暗殺されようと、政策そのものが崩壊するわけではない。

すべての押しつけ婿が暗愚であるわけではない。家良の暴虐ぶりが押しつけ養子政策の評判を落としてしまったが、諸家の中には男子に恵まれず、将軍家の親族に連なれるご落胤を養子として求める家もわずかながらある。押しつけ養子政策を発案、遂行した意忠自身が、家良に刺客を差し向けようとはだれもゆめおもうまい。

むしろ、最も出来の悪い押しつけ養子が、正体不明の刺客によって取り除かれれば、押しつけ養子政策が見直されるかもしれない。養子の暗殺者が不明となれば、最も先に疑われるのは養家である。養家が将軍ご落胤の養子を殺害したとなれば、お家取り潰しの絶好の口実となる。それはまさに意忠の狙いであった。

家良が暗殺されれば、養子を押しつけられた他の諸家は、養子の身辺の警戒を強めるであろう。養子自身も暗殺されたくないので、身持ちを慎む。さすれば、意忠が発案した政策は崩れるどころか、しっかりと根を張るであろう。

「余の独り言じゃ。其方どもに任せる。べつに所望する首はない。其方どもの裁量によって、手頃な代首を探すがよかろう」

意忠は狡猾な指示をした。


家良はしばらく自粛していた。吉原の後、永眠以下、螺旋道場の総力を挙げての落葉長屋への報復が惨敗を喫して、改めて鹿之介、るい、落葉長屋衆の恐るべき実力をおもい知らされた。

螺旋一味がこのまま引き下がるはずはないが、当面、へたに動くと傷を深くしてしまう。公儀をこれ以上刺激すれば、立石家改易の口実とされかねない。立石家を取り潰されては元も子もなくなってしまう。家良もその程度の計算はできる。

だが、藩邸に逼塞していると、体内に飼っている悪い虫がうずいた。家良は女なしでは一日も過ごせない体質を持っている。藩邸内の女は人形同然で面白くもなんともない。さすがに吉原に登楼しての派手な遊びは控えているが、邸の外に出て遊びたくなった。

藩邸内に引きこもっていると、下半身から腐っていくようにおもえる。隠れ遊びでもよい。外に出て遊びたい。

「ただいま市中に出ることは危険です。充分な警護ができかねます」

と用人が忠告したが、

「そのために永眠や、道場の遣い手どもが控えているのではないか」

と家良は言った。

「その螺旋一味が控えていながら、吉原で襲われたではございませぬか。ご自重あそばしませ」

「吉原には行かぬ。微行《しのび》でまいれば気がつかれまい」

家良は用人の諫止を振り切って、またぞろ市中の妖しげな岡場所に微行するようになった。

螺旋道場の護衛陣は、むしろこれを喜んだ。彼らも堅苦しい藩邸内に引きこもっているよりは、家良の供をして町に出たい。吉原の襲撃以後、鹿之介や長屋衆がふたたび襲って来る可能性は低い。彼らとしても、市中で何度も騒動を起こすことは避けるであろう。

吉原では派手に遊びまくっていたが、この度は微行に徹して隠れ遊びをしているので、鹿之介や長屋衆に洩れることはあるまい。

吉原の高級遊女屋が妓《おんな》の値段を吊り上げるために奇妙な習慣をつくりだし、実際に遊女にありつくまでに面倒な手つづきがあり、遊興費も高かったのに対して、市中各所に散在する岡場所は安く、手っ取り早く遊ばせてくれた。花魁崩れのけっこう上等な妓もいて、お店者《たなもの》や職人、僧侶などに人気があった。

家良が最近よく通う岡場所は、谷中いろは茶屋であり、吉原から流れてきた揚巻《あげまき》という遊女に執心していた。苟《いや》しくも大名が遊ぶ場所ではないが、遊客に僧侶が多いことも隠れ蓑になっている。

もちろん身分を隠しての隠れ遊びであるが、尋常ではない供の集団や、荒っぽい金遣いなどから、やんごとなき身分の人間として大切にされた。

旧吉原時代から伝統のある吉原では、大名の遊客も少なくなく、遊女屋や遊女の気位も高いのに対して、岡場所の高貴の客と見て下へも置かぬ扱いも、家良の大いに気に入ったところである。

当初は隠れ遊びのつもりが、次第に地金を露《あらわ》して、派手に遊びまくるようになる。岡場所であるので、吉原のようには目立たない。螺旋道場一味も家良の相伴にあずかって、羽を伸ばしている。派手に遊んだところで、吉原に比べれば遊興費も大したことはない。

家良は江戸に、こんな愉しい遊び場所があったことを知って、耽溺した。特に揚巻とは相性がよく通いつめていた。江戸の遊里は江戸期の文化が煮つまっているといってもよい。

幕府は、吉原以外の私娼窟は禁止し、何度も取り締まったが、江戸の旺盛な性欲のニーズの前に、半ば公認せざるを得なくなった。絶対権力も市民のニーズには勝てなかったのである。


岡場所での流連《いつづけ》は憚られるので、夜も更けてから家良は揚巻の見送りを受け、しぶしぶと帰途につく。

さすが絶倫の家良も、揚巻に悉く精力を吸い取られて下半身が軽くなっている。家良に相伴した螺旋道場一味も精気が抜けているようである。永眠と、女の花竜巻は家良の岡場所遊びに加わっていない。

江戸の夜の闇は濃い。女と痴戯に耽っての帰途は、特に濃く感じられる。それにしても、あの揚巻の汲めども尽きぬ泉のような凄さはどうだ。汲み出せば汲み出した以上に溢れ出し、どんなに攻めても難攻不落の城砦のように聳《そび》えている女に、家良は初めて出会った。

「あれは化け物だな」

とおもいだし笑いを洩らした家良に、

「ただいまなにか仰せられましたか」

と直里半兵衛に顔を覗き込まれて、

「なんでもない。よけいな詮索をするな」

と慌てて手を振った。随行していた法雨五右衛門や銭洗軍記が顔を見合わせて、にやりと笑った。彼らもおもいだし笑いをしているのである。

家良は本気で揚巻を落籍しようかと考えている。吉原と比べて、岡場所であるから落籍料も安い。落籍しようとおもえばできないことではない。

だが、岡場所の女を藩邸に引き入れるとなれば、家中の抵抗も大きいであろう。公儀にとっても恰好の口実をあたえてしまう。さすがの家良もためらっていた。

藩邸が近づき、堀端に出た。この辺り、各藩の上邸や中邸が多く、闇はますます深い。下町には多少あった人影もまったく絶えている。犬は鳴かず、野良猫も歩いていない。周辺の邸は寝静まり、灯り一つ見えない。

　左手に堀、右手に火除けの明地《あきち》が開いた。家良は一瞬、夜気が急に冷えたような気がした。暖流から寒流に入ったような感じである。護衛の螺旋道場の剣客たちが家良の周囲に人垣を連ねて、初めて異変を悟った。

「狼藉者、推参なり」

　法雨五右衛門が叫んだときは、護衛陣はほぼ同兵力の黒影と斬り結んでいた。鋼が嚙み合って、飛び散る火花が闇を染め、夜気に金気《かなけ》臭いにおいが漂った。正体不明の刺客陣は手練を揃えているらしく、螺旋道場の護衛陣と伯仲している。

　だが、武装充分に仕掛けて来た刺客陣に対して、女に精を抜かれた後、不意を打たれた護衛陣の方がやや分が悪い。にもかかわらず、一歩も退かず戦っているのはさすがであった。

　夜気に血のにおいが振りまかれた。だが、地上に這った者はいない。彼我双方、手負いながら戦っているのである。

「殿、ここは彼らに任せて、藩邸に」

　五右衛門が家良の腕を引いた。藩邸は近い。藩邸に逃げ込めば、いかに手練の刺客陣であっても断念せざるを得ない。

「忍者ぞ。心せよ」

護衛陣のだれかが叫んだ。刺客陣はいずれも幅広、刃渡り二尺以下の短めの直刀を用いている。剣風の隙間を鉤縄が旋回し、手裏剣が飛来する。刺客陣はいずれも厚い着込みをしているらしく、刀が当たってもほとんど皮膚に届かない。

それに反して、螺旋道場の剣客たちは女を抱いた後の裸同然の薄着である。さすがの剣客陣も次第に斬り立てられてきている。

家良の腕を引いて乱戦から離れ、藩邸の方角に向かった法雨五右衛門の前に、うっそりと立った黒い影があった。

「何者か」

五右衛門は家良を背に庇って誰何《すいか》した。忍者であれば名乗るはずはないとおもったが、相手は、

「闇法師・神馬天心。そこにおわすは立石家良殿とお見受けいたす。お命頂戴仕る」

と言った。

「なに、闇法師とな。ついに現われおったか。待ちかねておったぞ」

五右衛門は刺客の意外な素性に少し驚いたものの、闘志をたぎらせた。

これまで差し向けられた刺客は悉く仕留めたが、刺客を送りつけて来た源が茫漠としていた。家良の乱行に辟易《へきえき》した幕府が、養子押しつけ政策を維持するために派遣したという密かな噂が立ったが、確かめられていない。だが、いま刺客は初めて名乗りをあげた。ということは、家良と五右衛門を必ず討ち果たすという自信があったからであろう。

闇法師は幕府お抱えの影法師と並ぶ忍者集団であったが、仕官競争に敗れて地下に潜った。天下泰平の時世が到来して、忍者の出番もなくなったが、闇法師は汚い仕事を、死屍を漁《あさ》る禿鷹のように請け負いながら、闇の底に生きているという伝説の忍者集団となっていた。

闇法師に一度狙われれば死んだも同然と恐れられているが、実態は不明である。

八剣の統領・螺旋永眠は、「もし公儀が刺客を差し向けた黒幕であれば、いずれ闇法師が出てくるやもしれぬ」と警告していた。その闇法師の一員が、ついに目の前に現われたのである。

法雨五右衛門は家良の護衛という本来の役目を忘れて、闘志をたぎらせた。凄まじい殺気の交錯に、家良は射すくめられたように動けなくなっている。

法雨五右衛門は八剣の中でも永眠から一目置かれている遣い手である。五右衛門は、神馬天心と名乗った刺客と正面から向かい合った瞬間、厚い壁から受けるような圧力をおぼえた。

五右衛門は乱戦の中を斬り抜けて来た抜き身を薙ぎ上げながら、踏み込んだ。停止していれば、必ず圧力に押されて受け太刀になってしまう。間合いは長刀の我が方に優位である。敵の間合いに入る前に、充分に見切った一撃を打ち込んだ。

したたかな手応えがあった。次の瞬間、五右衛門は愕然とした。避けるとおもった敵が小手ではね返し、後《ご》の先《せん》を取っている。敵は厚い着込みの下に、全身鎖を巻き込んでいるらしい。上体には鎖帷子《かたびら》、股引きにも鎖を巻き込み、小手や臑《すね》当てには鎖を縫いくるみ、鎖鉢巻きを巻いている。おそらく五右衛門の刀が敵のどこを打っても跳ね返されてしまうであろう。

五右衛門は初めて体の芯から恐怖をおぼえた。裸同様で、鎧をまとった忍者と戦っている。腕が互角であれば、鎧を着けている方が二倍以上の威力を持つ。

だが同時に、血煙を浴びて生き残ってきた五右衛門は、敵の必殺の後の先を躱した。

強烈な突きであったが、遅い。五右衛門は敵の鎧の重量が動きを妨げていることを咄《とっ》嗟《さ》に悟った。

我が方の勝機は速度にある。素早く立ち回りながら、相手の攻撃を躱し、反撃する。鎖帷子にも弱みがある。打撃には強いが突きには弱い。

立ち回りの速度さえ維持すれば、勝機はある。さらに、五右衛門には師匠の永眠すら舌を巻く邪剣があった。

「殿、拙者が阻む間に藩邸に戻られよ」

武装が敵の重し《ハンディキャップ》となっていることを察知した五右衛門に、家良の身を案ずる余裕が生じた。さすがの神馬天心も法雨五右衛門に手一杯である。

五右衛門に促されて我に返った家良は、藩邸に向かって走った。それを横目に見た天心が、左手を振った。棒手裏剣であるが、宙を飛来中、傘が開くように開いた。途中で束ねが外れて複数の手裏剣が散弾銃のように的を射る手裏剣であった。あわやと見えた瞬前、家良は手裏剣の射程から危うく逃れていた。

五右衛門は、天心が束手裏剣を投擲した瞬間を見逃さなかった。充分に見切りをつけた間合いから必殺の突きを送り込んだ。なんと天心は五右衛門の剣を手でつかんだ。

彼の指には鉄の指輪がはめられていた。角手《かくて》と呼ばれ、指輪の先に鋭利な角が飛び出している。

五右衛門の邪剣の本領はその後にあった。突くと見せかけて引いた刃は、天心の角手を滑り、後方に抜けて宙を飛んだ。五右衛門は柄から手を離している。離した剣は旋回しながら天心の首根に迫った。視野を広く確保するために、天心は頭巾を着けていない。五右衛門は柄に鎖をつけて剣を飛ばしていた。

五右衛門を中心に剣は円を描き、風車のように回転した。鎖の長さを調節することによって、間合いを自在に伸縮できる。さすがの天心も全空間を埋め尽くすような飛剣に仰天した。

だが、天心の真骨頂はその後に発揮された。

「笑止なり」

天心は忍者刀を構え直すと、全空間を埋め尽くすような五右衛門の飛剣を悉くはね返した後、飛剣と五右衛門を結ぶ鎖を断ち切った。天心の忍者刀は柄から剣芯に細い棒が仕込まれていて、刃を風車のように回転させる仕掛けが施されていた。

剣の振り方によって、回転速度を調節できる。直刀は突きのためだけではなく、剣を回転させるためであった。飛来するものは悉くはね返し、わずかな打撃が敵を抉る。五右衛門は全能と信じていた武器を、あっという間に無力にされて、一瞬啞然となった。回転刀が容赦なく迫ってきた。だが、五右衛門の手には剣を失ったが、鎖が残っていた。しかも、天心の回転刀に断ち切られた断端は、槍の穂のように尖っている。手許には鎖の余裕があった。

剣を失った鎖の先端が槍と化して、天心に伸びた。同時に、天心の回転刀が五右衛門の身体に触れた。五右衛門の鎖は天心の鎖帷子の編み目を潜《くぐ》り、背中から突き抜けた。あたかも共通の意思でもあるかのように、天心の回転刀が螺旋のように五右衛門の身体を抉り、背後に突き抜けた。

二人の身体からしぶいた血煙が、渾然となって夜気を染めた。凄絶な相討ちであった。

法雨五右衛門の人楯を踏まえて、家良は命からがら藩邸に逃げ込んだ。藩邸に残っていた永眠は、家中の者と共に押っ取り刀で応援に飛び出した。

家良を逃しては、刺客陣は戦闘をつづける意味がない。永眠らが駆けつける前に、刺客陣は潮が退くように退いていた。

乱戦中、螺旋道場側は法雨五右衛門を失った。一方、闇法師と名乗った刺客陣の中、天心と、さらに一人の刺客を倒したことが銭洗軍記と稗方無人の証言によって確かめられた。

撤退する際に、刺客陣が収容したらしく、現場には死体は残されていなかった。直里半兵衛は横腹にやや深傷を負っていたが、生命に別状はなさそうである。軍記と無人の二人も軽傷であるが、満身創痍である。

螺旋道場の受けたダメージは深刻であった。すでに吉原で十時陣九郎を失い、月精を無能力にされ、長屋襲撃時、了戒が斃《たお》れ、いま闇法師との戦いで法雨五右衛門を失った。八剣が五剣に討ち減らされている。そのうち一剣は戦力を失っている。

家良は命拾いをしたものの、激怒していた。

「音に聞こえた螺旋道場の剣客どもが、供をしておりながら、この失態はなんたることぞ。きさまらを養っておったのは、なんのためか。役立たずめ」

護衛陣から一人の犠牲が出たのは、警告を無視して市中の私娼窟に遊興に出た自分が招いたことは棚に上げて、家良は口をきわめて罵った。日頃の広言の手前、永眠以下、生き残った剣客は面を伏せたままなにも言えなかった。

家良の前から恐懼《きょうく》して下がって来た永眠は、改めて生き残った五人に言い渡した。

「殿を襲った刺客は闇法師と名乗ったのだな」

「五右衛門と相討ちになった刺客が名乗った声を、確かにこの耳に聞き留めてござる」

軍記が答えた。

「闇法師……しばらく鳴りを静めておったが、ついに出て来たか。名乗ったのはよほど自信のある証《しるし》じゃ。きゃつらの雇い主はいくらでもおろう。殿を怨んでおる者は浜の真砂ほどもあろうからの。だが、金さえ出せば公方《くぼう》(将軍)ですら狙うであろう闇法師ゆえ、よほど富裕の者でなければ雇えぬ。となれば、雇い主は限られてくるであろう。きゃつらの雇い主は尋常の者にあらず」

永眠は五人の顔を見まわした。おもい当たる者がいれば申してみよと、暗に言っている。

「いささか存じよりがござる」

無人が口を開いた。永眠が顎をしゃくった。

「山羽家であれば、闇法師を雇う資力は充分と存じますが」

「そうよの。いまや山羽鹿之介は殿の天敵となっておる。富裕な山羽家の資力をもってすれば、闇法師を楽に雇えるであろう。だが、鹿之介と彼に侍る女忍《くノ一》の力をもってすれば、いまさら闇法師づれを雇う必要もなかろう」

「鹿之介は吉原、落葉長屋と、すでに我らと二度にわたって干戈《かんか》を交えて（戦って）おります。これ以上、戦いの場に姿をさらしたくないのではないでしょうか」

月精が遠慮がちに言った。

「さもありなん。我が方も了戒と陣九郎を失い、其方も足を失った。だが、鹿之介の長屋の者も通い枕以下、五人が死んでおる。これ以上の犠牲は出したくないというおもいがあるやもしれぬ。それならば、女忍《くノ一》一人でも殿を狙えぬことはない。かの女忍《くノ一》、恐るべき女狐よ。わしと互角に渡り合い、念波（光波）をかわしたのはあの女狐が初めてじゃ」

永眠はるいと戦った場面をおもいだしたような表情をした。

「されば、師匠は闇法師の雇い主にお心当たりがござってか」

軍記が問うた。

「火のないところに煙は立たぬと申すからの」

永眠は謎をかけるように言った。

「と、仰せられますと」

五人には永眠の言葉に含まれた重大な意味が咄嗟にわからないようである。

「我らが悉く返り討ちに仕留めた刺客を、公儀が送りつけたという噂が立っているであろう」

「それでは、まさか闇法師の雇い主は公儀と……」

「しかし、公儀は影法師を養っております」

五人がぎょっとしたような声を発した。

「累代公儀に養われて豚のように肥え太った影法師など、我らの敵ではないわ。それこそお主らただ一人で結着がつく。我らと互角に渡り合える者は鹿之介が召し使う女忍《くノ一》と闇法師だけじゃ」

「されど、なにゆえ公儀が闇法師を雇って、殿のお命を狙いますか」

「知れたことよ。殿のご乱行が公方の落とし胤の受け皿を狭くしておる。無理やりに押しつけた殿をいまさら引き取るわけにはいかぬ。先行き定まらぬ落とし胤はまだ多数控えておる。受け皿を確保するためにも、殿のご乱行をやめさせなければならぬ。

だが、持って生まれた性《さが》は死ぬまで直らぬ。となれば、殿に死んでもらう以外にあるまいが」

永眠に絵解きされて、〝残剣〟は初めて納得したようにうなずいた。

「よいか。闇法師、いや、雇い主はまだ目的を達しておらぬ。これからも来るぞ。心して殿を護れ」

永眠は申し渡した。

本陣暗四郎から家良を取り逃がしたという報告を受けた榊意忠は、愕然とした。神馬天心が家良に肉薄したが、護衛と相討ちになり、際どいところで逃がしたという。

「他の八陣はなにをしておったのか」

ようやく驚きを鎮めて、意忠は問うた。

「護衛陣が意外に手練揃いで阻まれましてござる」

「阻まれただけではなく、損害も出たというではないか」

「敵は我が方よりも深刻でござる」

「護衛を何人殺しても意味はないわ。狙うは家良の首一つ。闇法師に狙われれば死んだも同然と、どの口がほざいたか」

「申し訳ございませぬ。拙者がついておれば、かようなことはございませなんだ」

本陣暗四郎は面を上げられない。

「なにを申す。其方は鹿之介についておる女忍《くノ一》に後れを取ったのではないか。大きな口をたたくでない」

「恐れ入りましてございます。ようやく拙者の傷も癒えてござる。次にお目見え仕るときは、必ず鹿之介と家良の首を揃えて持参いたします」

「その言葉、忘れまいぞ。其方どもを差し向けたのは余ではない。そのことはわかっておろうな」

最初の衝撃から立ち直った意忠は、念を押した。

「ご念には及びませぬ。このことには御前は一切関わりございませぬ」

「このことが鹿之介の耳に入らば、喜ぶであろうな」

「はっ？」

束の間、暗四郎は意忠の言葉の含みを取り損なった。

「鹿之介にとっては螺旋道場八剣も許し難い仇じゃ。いまや八剣は永眠率いる五剣を残すのみ。家良の兵力も半減しておる」

「三剣にございます。一剣はいまごろ傷が悪化して死んでおりましょう。他の一剣はものの役に立たなくなってござる」

本陣暗四郎が退出した後、意忠は思案した。このことはどんなに秘匿しても、将軍の耳に入るであろう。将軍にとってはおぼえのないことであるが、家良暗殺の刺客を差し向けた別の線があると知って、探索するにちがいない。

闇法師も家良暗殺の内意は将軍自身から発したことであって、その意に適《かな》うものである。意忠が主導者となって推進したご落胤押しつけ政策は、いまや鬼子政策となって、公儀の政策を圧迫している。その主導者としての意忠の責任は免れない。

政策を完遂するために、いったんは家良を護ろうとした意忠であるが、ご落胤押しつけ政策を見直すために意忠が地下工作を始めたと疑うかもしれない。

将軍は意忠に実権を奪われ、飾り物になっている不満がたまっている。将軍と意忠の関係は持ちつ持たれつである。意忠の政治力がなければ将軍足り得ず、また将軍の傘の下にあってこそ意忠の権勢である。二人は運命共有体であるが、共有するものの重さが鬱陶しくなっている。

家良暗殺は両者の高度な政治工作であり、相互の意に適うことでありながら、決して共有できない複雑な境界線がある。

将軍はこの度の闇法師による家良暗殺未遂の背景に、必ずや榊家の遠祖と闇法師との関係を探り出すであろう。野に下り、闇に潜み、牙を研いできた闇法師と意忠がふたたび連絡《つなぎ》を生じたということは、将軍にとっては脅威であろう。

いずれにせよ、家良が公儀にとって腹中の火薬であることには変わりない。そして、その火薬の使い方によっては、意忠にとって毒にも薬にもなる。

大奥風情

家良の暗殺未遂事件は、逸速く鹿之介に聞こえてきた。これを伝えたのは破水と庄内である。鹿之介は改めて両者の情報網に感嘆したが、

「兄君は今度《こたび》の家良の刺客、だれが差し向けたとおぼし召されますか」

とるいに問われて、

「公儀ではないのか」

　となにげなく答えた。

「ところが、今度は螺旋道場の護衛が討たれたそうにございます。残った者も少なからぬ損傷を受けた模様。これまでの公儀派遣の刺客とは質がちがうように存じます」

「つまり、別手の刺客と申すか」

「御意」

「されば、公儀がより凄腕の刺客を送ったのであろう」

「公儀が動かすとすれば影法師にございますが、いまの影法師では螺旋道場八剣の敵ではございませぬ」

「すると、まさか」

「そのまさかにございます。別手は闇法師かと……」

「榊の隠し兵器が、何故、家良を襲うぞ。もともとご落胤押しつけ政策は榊の発案によるもの。家良を護りこそすれ、彼に刺客を送るはずもあるまい」

「意忠は戦法を変えたやもしれませぬ」

「戦法を変えた……？」

「家良を討てば、押しつけ養子政策は見直されます。ましてや、刺客は公方《くぼう》の派遣という噂が流れている折から、護衛の螺旋道場八剣に深刻な打撃をあたえた強力な刺客陣を差し向けたとなれば、公儀の姿勢も見直されます。たとえご落胤であろうと、暗愚な養子は容赦せぬという公儀の姿勢は、押しつけられる諸家に好感をあたえるでしょう。押しつけ政策の中心人物である意忠も当然見直されます。そこを狙っているのではないでしょうか」

「なるほど。一理あるな」

「それに、風向きが悪くなった場合は、兄君のせいにできます」

「なに、わしのせいにだと」

「左様にございます。落葉長屋衆が兄君の外臣であることは、すでに周知の事実となっています。吉原の仕掛けも、隆元の失権も、兄君が指揮されていることは、意忠はとうに察知しているはずでございます。今度の家良暗殺未遂を兄君のせいにしても、なんら異とするに足りませぬ」

「榊が家良を狙うか。あり得る」

鹿之介はうなずいた。

「家良は命拾いしたものの、双方痛み分けに終わったようにございます」

「われらにとっては漁夫の利と申すべきかな」

「左様に安気なことを言っている場合ではございませぬ。今度の家良襲撃のツケを我らに回されてごろうじろ。吉原に次ぐ再度の家良襲撃、公儀としても黙視はできなくなりましょう」

「板倉隼人正が庄内を通して隆元追い落としを持ちかけてきたではないか。家良の排除も公儀の意に適うものであろう」

「闇から闇に葬るのであれば見過ごせましょう。榊意忠は狡猾にございます。さすれば家良暗殺のしくじりを兄君に転嫁して、次は家良の報復と見せかけて、兄君を狙いましょう。形は山羽家と立石家の私戦となります。私戦は公儀の固く禁ずるところ。漁夫の利を得るのは意忠にございます」

「左様なこともあろう。だが、公方と意忠は一心同体のように見えながら、両者の間には微妙なひびが入っておる。意忠は影の将軍と呼ばれるほどに幕閣の実権を握っており、公方は飾り物と陰口をきかれるほどじゃ。公方にとって面白かろうはずがない。家良暗殺の刺客を公方が送ったという噂も、そのあたりの公方の気持ちから発している。老中・板倉隼人正は我が方の味方である。恐れることはない。家良を討ち漏らしたとすれば、勿怪《もっけ》の幸いである。おれんの仇はわしの手で討たねばならぬ。家良と意忠がぶつかれば、漁夫の利は我らが得る」

鹿之介の頼もしげな言葉を聞いたるいは、

「兄君のお言葉を聞いて、るいも心強くおもいます。されば、るいもおもいきって立ち働けます」

るいは改めて覚悟を強くしたようであった。

鹿之介は今後の対応策を検討するために、破水、庄内以下、長屋の主だった住人を招集した。

鹿之介が推測した通り、榊意忠の手の者が家良を襲ってしくじったとすれば、鹿之介はまだ漁夫の利を得ず、おれんの仇討ちも成就していない。螺旋道場八剣と、闇法師相互に受けたらしい損害《ダメージ》が漁夫の利といえぬこともないが、それは鹿之介本来の目的ではない。

「八剣と闇法師八陣相戦い、たがいに敵の素性を知っておりましょうかの」

破水が言った。

「家良に仕掛けた一味は敵は八剣と知っていたでしょうが、家良と八剣は、仕掛けた側が名乗らぬ限り、敵の素性はわかりますまい。闇法師が仕掛けたという噂ではありますが、確かめられてはおりません」

庄内が言った。

「忍者は雇い主の名前を死んでも洩らさぬと伝え聞いているが」

破水が言った。

「闇法師には忍者の意識はございますまい。また相手を確実に殺す意思があれば、名乗るかもしれませぬ。闇法師は、手厚く養われて、牙を失った影法師とはちがいます。彼らは飢えて、闇の底をさすらうあやかしの者であっても、この世に闇法師の存在を示すために、名乗ったかもしれませぬ」

るいが言った。鹿之介の前では言葉遣いを改める。

「すでに闇法師は我らと戦い、その存在を明らかにしておるが」

「充分ではございませぬ。それに、闇法師は我が方に後れを取りましてございます。闇法師としては、このまま尾を巻いて引き下がっては面目が立ちませぬ。いまや雇い主などどうでもよく、面目のために仕掛けてまいりましょう」

「闇の化け物に面目などあるのか」

「面目でなければ怨みでございます。きゃつらは百年たっても怨みを忘れませぬ。当代にて果たせぬ怨みは累代に引き継ぎます」

「累代の怨みか。それこそおれんの腹を裂かれ、さらに四人の外臣の命を奪われた主として累代の怨みである。家良は決して許さぬ」

鹿之介は眉宇に覚悟を示した。るいや破水以下、長屋衆は改めて鹿之介との絆の重さを知った。

鹿之介と家良に榊意忠が介入して三つ巴となった感があるが、さらにその奥には将軍の意志が潜んでいる。幕政を意忠が壟断《ろうだん》しているとはいえ、あくまでも将軍あっての意忠である。彼にとっても将軍の意思は不気味であるにちがいない。

板倉隼人正は榊意忠の専横を憎み、実権を将軍の手に取り戻そうとしている。隆元の膺懲《ようちょう》を庄内に内々に命じたのも、鹿之介を視野に入れてのことである。板倉が失脚せぬ限り、鹿之介の覚悟は正鵠《せいこく》を得ているといえよう。

そのとき鹿之介の意識に不吉な連想が走った。榊意忠は自分の権勢を守るためには手段を選ばぬ人間である。彼が歩いて来た道程には累々たる死屍が積まれている。まして、意忠は闇法師と手を結んだ模様である。

（板倉隼人正が危ない）

いま板倉は榊の最強の政敵となっている。将軍も榊を重用している。榊は老中筆頭、大老格であるが、最近、将軍は板倉の方に傾斜している。板倉が知っていて、榊の知らぬことも少なくない。より権力を集中すればするほど、高度の多くの情報が集まる。

だが、反面、権力の頂上で分割委譲した権力から蚊帳の外に置かれる確率も高くなる。その危険性を意忠は感じ始めているらしい。

危険な芽は早いうちに摘み取るにしかずである。板倉の力はまだ榊に及ばない。摘み取るならばいまのうちである。榊にとって危険な要素は、それ以上に板倉にとって危険である。なぜもっと早くその危険性に気がつかなかったか。まだ遅くはない。こうしている間にも、板倉に危険な触手が伸びているかもしれない。

おもい当たった鹿之介は、直ちにるいに、

「板倉の陰供をせよ」

と命じた。

「何故、私が板倉様をお護りするのですか」

るいは驚いたようである。

「板倉殿は我らの味方である。ということは、榊の敵だ。榊にとって板倉殿はいまや大きな脅威となっておる。板倉殿は公方の信任も篤い。幕閣における榊の位置を奪いかねぬほど、板倉殿は公方のご信任を集めておる。榊が闇法師を動かして板倉殿を取り除こうとするやもしれぬ。城中では手を出すまいが、登・下城、また他出のときが危ない。私邸にあるときも安全とは言い難い。在邸中は破水和尚や長屋衆に見張ってもらう」

「それでは、兄君はだれがお護りするのですか」

「わしのことは案ずるには及ばぬ。榊の焦眉の急はわしではなく、板倉殿だ」

「兄君の仰せとあれば、板倉様の陰供仕りますが、兄君をお一人にするのは心許のうございます」

「わしも修羅場を踏んでおる。その辺の飾り大名ではないぞ」

「承知しております。それだけに案じられるのでございます。飾り大名であれば、自ら危険を招くようなことはいたしませぬ」

「るい、そなた、わしに飾られたまま腐れと申すか」

「兄君は飾られても腐りませぬ。光の源はみだりに動いてはなりませぬ。不動の位置にあって輝くからこそ、光の源たり得るのでございます」

「そなた、わしに説教するつもりか」

「説教ではございませぬ。私は兄君の灯明番。兄君以外の者を護りとうはございませぬ」

るいは恨めしげな表情をした。

「板倉殿を護ることは、わしを護ることにつながるのだ。板倉殿を失えば、山羽藩が危ない。山羽藩が榊の餌食になれば、わしは山羽藩家中の光源としての光を失うであろう。わしを山羽藩の光源にしたのは、るい、そなたではないか」

と鹿之介に言いこめられて、るいは返す言葉を失った。

不満のようであったが、るいは板倉の陰供を引き受けた。

板倉隼人正は大奥の改革を考えていた。彼の考える大奥の改革とは、一掃である。

およそ幕府の諸悪の根源は大奥にある。御台所《みだいどころ》（将軍正室）以下、将軍の後嗣を産んだ側室や、子を産んだ側室（お腹様）などが競い合い、勢力拡大に憂き身をやつす。

政にまでくちばしを挟み、幕閣を蔑ろにする。代参にかこつけて色僧の接待を受け、内陣の奥で女所帯の大奥でたまった欲求不満を晴らす。増長して、芝居町から密かに役者を大奥に引き入れ、痴戯に耽る。

証拠はつかめていないが、大奥の風紀の紊乱《びんらん》は沙汰の限りである。江戸城の悪の巣窟のような大奥が、累代手つかずに温存されてきたのは、将軍自身の庇護を受けたことと、将軍の生母が大奥の上に君臨していたからである。

累代将軍の生母は、大奥出身者が多い。将軍や幕閣は替わっても、大奥は常に将軍と癒着しており、大奥の剔抉《てつけつ》が将軍に及び、幕府の威信の失墜につながる。そのために大奥は徳川累代の治外法権領域として温存されてきたのである。

だが、将軍の庇護に甘えて、このまま大奥を放置しておくと、幕府そのものの致命傷になると板倉は危惧した。

板倉はもともと将軍ご落胤の諸大名押しつけ政策に反対であった。大奥の産物であるご落胤を諸大名に押しつけ続けていれば、諸侯の信を失い、反感を買うばかりである。大奥がなければ、落とし胤の大量生産はない。

その量産を促すものは、大奥の勢力争いである。ようやく当代将軍は大奥の弊に気がついた。当代も大奥でご落胤をもうけてはいるが、おおむね先代の量産したご落胤の始末を押しつけられている。累代の将軍が先代のご落胤を繰り越され、自分のご落胤を次代に押しつけるという悪循環を重ねてきた。その悪弊を当代において取り止めるべしという板倉の諫言に、当代は耳を傾けた。

そもそも榊意忠のような用人上がりが幕政を壟断するようになったのも、大奥と手を結んだからである。落胤押しつけ政策の推進者である榊は、大奥最大の庇護者でもあった。

当然、大奥は榊を応援する。大奥の言いなりになる榊は、その安全を保障する最大の戦力でもあった。榊を守ることが大奥を守ることにつながる。覇を競い合う大奥であったが、榊の支援については大同団結していた。

榊を引きずり下ろし、幕政を将軍に取り戻すためには、榊の支援団体である大奥をまず剔抉しなければならない。

現在、大奥で最大の勢力を張っているのは、ご世子の生母・おもんの方である。彼女は奥右筆・高原清治《きよはる》の娘であり、清治の妹・お信乃の方・香源院《こうげん》は当代将軍の生母である。

お信乃の方は、また先代将軍第一等の愛妾として当代の下に三男四女を産み、大奥に圧倒的な勢力を張っていた。我が子を将軍に押し上げた後も、他の子女を徳川家一門や諸家に押しつけ、その勢力は全国に及んでいる。

お信乃の方は兄の娘であり、自分の姪でもあるおもんの方に、自分の勢力を継がせようとして、早くから部屋子として大奥に入れ、当代将軍の目に止まるように工作していた。

美貌のおもんは、お信乃の方の後ろ楯もあって、当代将軍の目に止まり、首尾よく世子を産んだのである。その後、大奥で絶大の権勢を揮《ふる》っていたお信乃の方の引き立てで、おもんの方は御中臈上座となり、さらにお信乃の方からお年寄り上座を譲られた。

大奥におけるお年寄りの権勢は、表の老中にも匹敵し、大奥を統括し、老女（並お年寄り）、中臈、表使《おもてづかい》から末の女に至るまで、大奥数百人の女性に君臨する。権勢抜群のおもんの方の部屋頭となれば、事実上、大奥を仕切っている。この部屋頭が初島《はつしま》である。

こうしておもんの方はお信乃の方の権勢をそっくり引き継ぎ、大奥に君臨することになったのである。娘の出世のおかげで、父・高原清治も三百石の奥右筆から三千石の大身に昇進した。

だが、最近、おもんの方の権勢に翳りが出てきている。榊家に連なる遠縁で、おりつという奥女中に当代の手がついた。このおりつが天性の美形で、当代の寵愛を独り占めにしかけている。

おもんの方も美貌をもって聞こえていたが、若いおりつと比べられては、お褥《しとね》ご辞退の年齢に達しつつあるおもんの方は見劣りがする。当代は容貌だけではなく、政にまでくちばしを挟むおもんの方を鬱陶しくおもっているようである。

このおもんの方対おりつの方の二大対立に加えて、当代をめぐる六人の側室、およびいまなお大奥に勢力を残す先代の側室群が覇を競い合っていた。まことに百鬼夜行、魑魅魍魎《ちみもうりよう》の世界である。

この大奥の存在によって、幕政は歪められ、幕府の威信すら傷つけている。まことに幕府の病巣のような大奥であるが、歴代の幕閣も手をつけられなかった。それほど大奥の権勢は強い。またへたに大奥に手を着けると、幕府そのものの運営に影響しかねないからであった。

板倉隼人正は、いまこそ大奥粛清の絶好の機会であるとおもった。大奥絶対の指揮者として君臨していたおもんの方が、その権勢を支えていた隆元が失脚し、おりつの方の台頭により、将軍の寵愛を失いつつある。

ここに榊意忠が支持する新興勢力おりつの方との間に熾烈な権力闘争が始まっているいま、大奥を粛清すれば幕政の風通しはよくなり、榊意忠の主要な勢力基盤が失われる。大奥の粛清はそのまま幕政の改革につながっていくのである。


この時期、寺社奉行から耳寄りの報告が届いた。金福寺・隆元の使僧・玄海の延命寺に、おもんの方の部屋頭・初島《はつしま》率いる大奥女中の一群が足繁く出入りしているというものである。

隆元は失脚したが、金福教の信者が絶滅したわけではなく、その末寺や支寺は各所に生き残っている。

大奥女中が社寺に代参の帰途、芝居町で息抜きしていることは周知の事実である。中には社寺に空駕籠を送りつけ、芝居町に直行する者もいる。

この大奥女中が役者のもてなしを受け、大奥最大のセックススキャンダル「絵島生島事件」を起こした。これを摘発した寺社奉行・本多忠晴は、結局、大奥粛清の絶好の機会を見送った。あまり深入りすると幕府の中核まで火が及ぶことを懼《おそ》れたのである。

報告を受けた板倉隼人正はピンときた。絵島生島事件もすでに遠い伝説となって忘れられており、大奥の風紀が乱れていることは隼人正も聞き及んでいる。

だが、将軍生母・香源院《こうげん》（お信乃の方）と結んで、絶対権力を布いているおもんの方の前に、幕閣はなにも言えない。また大老・榊意忠は、大奥最大の庇護者でもある。

隼人正は、いまこそ大奥の膿《うみ》を絞り出す絶好の機会と見た。隼人正は初島と延命寺のつながりを徹底的に詮索するように、寺社奉行・弘中丹後守に申しつけた。

寺社奉行は全国の神官、僧、修験者、寺社領の人間を管轄し、大名が就任する。在任中の探索や吟味は家臣を使う。だが、町奉行のように世襲の探索専門職の与力や同心を持たず、市中の状況にも不慣れであった。

板倉隼人正は弘中《ひろなか》丹後守に町奉行の協力を得て、初島一味の代参にかこつけての市中での乱行について探索するように命じた。今日の合同捜査態勢である。

江戸期、諸制度の完備に伴い、各奉行や役所の管轄（縄張り）が定まったが、板倉の指示もあって、両奉行は異例の協力をした。

隼人正は延命寺の色僧だけでは飢えた大奥女中の欲望を満たしきれず、町人から性戦力を調達しているにちがいないと睨んだ。

隼人正の見込んだ通り、刻々と集まってくる情報は、延命寺が大奥のセックス慰安所であることを裏書きしてきた。

さすがに町奉行所の情報網は充実しており、芝居町の役者や、市井の陰間《かげま》（色衆）などが集められて、大奥女中の〝慰安〟にあたっているということであった。

部屋頭・初島局は芝居町の人気役者・鶴川菊三郎にのぼせ上がっていて、代参にかこつけては延命寺に菊三郎を呼びつけているという。おもんの方もその事実を知りながらも、初島の乱行を黙認しているそうである。

というのも、初島はおもんの方大奥入りの際、生家から随行して来た女中であり、香源院の遠縁でもあった。おもんの方が当代の目に止まるよう、工作の実行役も初島であったという。

「次回、初島が延命寺に入ったとき、鶴川菊三郎と濡れている現場を押さえよ。現場を押さえれば、有無を言わせぬ証拠となる。色坊主共々一網打尽にして一挙に大奥の腐敗《くされ》を抉《えぐ》り取る」

隼人正は丹後守に申しつけた。

丹後守も気負い込んでいた。おもんの方の部屋頭が色坊主共々、性醜事《セックススキャンダル》現場を摘発されれば、おもんの方も無事にはすまない。

初島代参の情報が漏れ伝えられた。情報源は大奥内の反初島派であるので信憑性が高い。

代参当日、寺社奉行および町奉行の手の者が、同寺の境内およびその周囲に張り込んだ。

当日、ほぼ予定された時間に、初島一行は延命寺に入った。初島が乗った紅網代、黒漆に金蒔絵、三つの定紋を散らした貴婦人用駕籠を中心にし、表使、お使い番、小姓、末の女中などに加え、供侍や中間、駕籠舁きを含めて数十人の行列を従えて、人目も憚らず、延命寺に繰り込んだ。

まさか大奥を支配し、幕閣にまで影響力を持っているおもんの方の部屋頭を待ち伏せしている者があろうとは、夢にもおもっていないようである。

初島以下、随行の女中どもは、玄海以下、色僧に迎えられて、奥に設けられた接待所に恭しく案内される。すでに女たちはそこでの濃厚な接遇に胸躍らせ、身体を火照らせている。

供侍や中間たちは庫裏《くり》の控室で酒食の饗応に与る。結構な料理の相伴に、供の男たちも待たされる時間が長くとも文句は言わない。

初島一行は、まさか町奉行や寺社奉行が息を殺して罠を仕掛けているとも知らず、寺の奥殿に設けられた蜂の巣のような秘密小部屋で、色僧や、町の色若衆の特別饗応に歓を尽くしていた。

頃合いよしと測った町奉行所から出役した与力の鯨井半蔵以下、同心や捕り方が一斉に延命寺になだれ込んだ。寺社奉行の了解は取りつけてある。

延命寺の奥殿で色僧たちを相手に痴戯の限りを尽くしていた初島以下、女中たちは仰天した。支配ちがいの不浄役人と蔑《さげす》んでいる町方が、まさか大奥第一等の権勢を誇るおもんの方の部屋頭・初島一行の〝代参〟中、踏み込んで来ようとは夢にもおもっていなかった。

奥女中たちは悲鳴をあげて逃げまどい、色僧や市井の色若衆たちは腰を抜かして震えている。収拾のつかない混乱となった。

「無礼者。我らをなんと心得る。お腹様おもんの方様付きの年寄り・初島なるぞ。おもんの方様の御代参を、不浄の者どもが踏み荒らしてなんとする。この不調法者め。下がりや」

最初の驚愕から立ち直った初島は、手近にあった衣類を裸身にまとい、精一杯虚勢を張った。

「なにが御代参。だれがおもんの方様付きの年寄りだ。笑わせるな。破戒寺の色坊主や、市井の陰間を呼び集めての白昼からこの為体《ていたらく》。おおかた大奥お年寄りの名前を騙《かた》る女狐どもであろう。かまわぬ。片っ端から縄にかけよ」

半蔵の命令一下、捕り方たちは、初島以下随行の女中、色僧、色若衆、供侍や中間まで、その場に居合わせた者は一人残らず縄を打った。

初島も容赦されなかった。色僧相手に痴態の限りを尽くしていた現場を押さえられて、初島は日頃の権柄づくな態度も打ちしおれた。両奉行所合同による前代未聞の捕縛劇であった。

初島一行はその場からまず町奉行所に連行された。初島の「大奥おもんの方付き」という抗弁は聞き入れられず、あくまでも大奥の職制を詐称した偽者扱いである。

初島一行代参中の捕縛は、おもんの方のみならず、大奥を震撼させた。初島以外にも代参にかこつけて、市中で秘密の〝行楽〟に走っている大奥の女中は多い。有無を言わせぬ現行犯を押さえられてしまったので、おもんの方の権勢をもっても揉み消すわけにはいかない。へたをすると火の粉はおもんの方にも及びかねない。

おもんの方だけではない。る。男禁制の大奥において、代参中を摘発された初島は犠牲羊《スケープゴート》であった。

だが、一匹の犠牲ですむ問題ではない。男ひでりの大奥において、代参中の秘事は大奥共通の脛《すね》の傷であった。初島が口を割れば、代参の秘事は芋づる式に引きずり出されてしまう。大奥始まって以来の危難に、大奥は日頃の対立をしばし休戦して、それぞれの安全のために大同団結する必要に迫られた。

捕縛した初島一行に対する町奉行、寺社奉行合同の吟味は容赦なく進められた。初島は頑強に口を閉ざしていたが、まず特別饗応を実行した色僧や、市内からかき集められた陰間たちが白状した。次いで随行の女中たちが次々に口を割った。

二年ほど前から、代参にかこつけて大奥女中が寺の奥で特別饗応を受けていた事実が輪郭を明らかにしてきた。初島派の女中たちは自派閥の護身のために特別饗応に与《あずか》っていたのは、自分たちだけではなく、おりつの方や、他の側妾たち各派も同様であると供述した。

両奉行の取り調べの触手は大奥の中核に延びようとしていた。

板倉隼人正はこの機会を逃さず、大奥の病蝕を一挙に剔抉しようと考えていた。

漁夫の利

その日、板倉隼人正は日が暮れてから下城して来た。平素は暮六つ前に下城するが、政務が多忙で、このところ連日、下城が遅くなっている。

隼人正は気疲れしていた。早く私邸に帰って熱い湯に浸り、くつろぎたい。腹もすいていた。

隼人正の私邸は牛込御門脇土手四番町にある。田安門を出た隼人正の駕籠は、飯田町・中坂との交差点を左に曲がり、西に向かった。この界隈は旗本の邸が軒を連ねている。蛙原《かわずばら》と呼ばれる広場に出れば、すでに私邸は指呼の間にある。

隼人正は駕籠に揺られて、少しうとうとしていた。いまや江戸城の病蝕ともいうべき大奥の摘発に乗り出した隼人正は、連日、高い緊張の極みに置かれている。当然、大奥の抵抗は強い。

大奥、特におりつの方を支援している榊意忠は、隼人正の大奥粛清に反感を持っている。有無を言わせぬ現場を押さえられているので、さすがの意忠の権勢をもってしても事件を揉み消すことはできないが、榊政権の基盤のような大奥そのものを徹底的に叩こうとしている隼人正は、意忠にとって重大な脅威であり、最大の政敵となっていることはまちがいない。

いまや好むと好まざるとにかかわらず、隼人正は榊意忠との全面対決を避けられなくなっている。避けるつもりもない。それだけに下城して来ると心身に蓄積された疲労がどっと発するようである。

うとうとしかけていた隼人正は、突然、激しい揺れをおぼえた。駕籠昇きが走り出したらしい。

(何事か)

隼人正が問いかけようとする前に、

「無礼者。ご老中・板倉隼人正様の御駕籠と知っての狼藉か」

と随行の家士の声と共に、剣戟《けんげき》の気配が伝わってきた。

隼人正はいま多くの敵を抱えている。いつ暗殺者が襲って来てもおかしくはない政治環境に身を置いている。万一に備えて、家中の遣い手たちに、登・下城や他出の際に護衛させている。

（やはり、来おったか）

板倉はつぶやいた。手練揃いに護衛させているが、敵も遣い手の刺客を差し向けるであろう。

もしかすると、榊意忠の手の者かもしれぬな。刺客は意忠がこの度の大奥の粛清に重大な脅威をおぼえている証拠といえよう。

駕籠の外の剣戟の気配はますます濃厚になっている。屈強な護衛陣に囲まれているが、隼人正は本能的に身の危険をおぼえた。

どうやら敵は護衛の厚い人垣を斬り破り、隼人正の駕籠に肉薄しているようである。このまま駕籠の内に留まっていては危険である。だが、外に出ればもっと危険であるかもしれない。隼人正は迷った。

板倉隼人正の駕籠が蛙原と呼ばれる広場の前まで来たとき、闇の奥から殺気が迸り、物の怪のような影の一群が行列に襲いかかって来た。

いずれも黒装束、黒い布で面体を包んでいる。影の一群は無言のまま隼人正の行列に斬り込んできた。駕籠の主を知っていて待ち伏せしていたらしい。不意を衝かれた供の数人が、早くも地上に這っている。襲撃集団はいずれも遣い手らしく、護衛陣は斬り立てられていた。

板倉家中の遣い手を揃えた護衛陣とはいえ、この泰平の世に人を斬った経験のない者ばかりである。それに対して襲撃集団は実戦の血煙をたっぷりと浴びているようであった。

「駕籠を停めるな。走れ。お邸はすぐそこぞ」

護衛陣の指揮者である矢村陣左衛門が叫んだ。駕籠脇に添って走りながら、駕籠舁きを督励した。

走り出した駕籠舁きたちは悲鳴をあげてたたらを踏んだ。路上一面に植えられた針が、駕籠舁きたちの足に突き刺さったのである。針と見たのは撒き菱であった。

撒き菱は駕籠舁きだけではなく、護衛の家士たちの足にも刺さった。襲撃集団は撒き菱に備えた足拵えをしているらしく、自由自在に動いている。

駕籠舁きが動けなくなり、駕籠が地上に投げ出された。それを目がけて、刺客陣が網を引き絞った。

「御駕籠脇から離れるな」

矢村陣左衛門が駕籠を背にして護衛の家士たちを励ました。だが、不意を衝かれた上に、実戦経験豊かな刺客集団と玩具《おもちゃ》の兵隊の護衛陣の差は歴然としている。斬り立てられ、浮き足だった護衛陣の中で、陣左衛門一人が駕籠脇に張りついている。

家中随一の遣い手である陣左衛門も満身創痍となっていた。陣左衛門の頑強な抵抗も底が見えていた。

刺客陣は余裕をもって網を引き絞っている。陣左衛門と共に板倉隼人正の生命も風前の灯火であった。

数人の刺客の剣を集めた陣左衛門が血煙を噴いたとき、闇の奥から飛来した円盤状の物体があった。唸りも立てず、気配もなく飛行してきた物体は、最後の護衛を取り除いて駕籠に取りかかろうとしていた刺客に命中した。意識を駕籠に集めていた刺客は、避ける間もなく、その飛行物体に得物を持った小手を斬り落とされていた。

「やや、何者」

ぎょっとなってたたらを踏んだ刺客陣を、円盤状の飛行物体は旋回しながら接触して、闇の奥に消えた。

「油断するな。陰供がおる」

いままで無言を保っていた刺客陣の首領らしい声が呼ばわった。

旋回して、いったん闇の奥に消えた円盤は、ふたたび新たな機勢を加えられて刺客陣に襲いかかってきた。さすがに二度目の円盤ははね落としたが、その後方から、さらに数枚の円盤が飛来した。避けきれず、身体に接触されて地にうずくまった影もある。

そのとき隼人正の私邸の方角から駆けつけて来る集団の気配がした。家士の一人が急を板倉邸に伝え、救援が駆けつけて来た様子である。

「退け。ひとまず退け」

首領の声と共に、刺客集団は負傷者を連れて、潮が退くように闇の奥に消えた。

駕籠脇の矢村陣左衛門にはまだ虫の息があった。

「殿を護り奉れ」

駆けつけた家士に抱き起こされた陣左衛門は、それが最期の言葉になった。同時に、駕籠の中の隼人正の無事が確認されていた。

私邸に無事帰って来た隼人正は、改めて首を撫でた。まことに危機一髪のところであった。随行の護衛は陣左衛門以下、三名が死亡し、五名が深傷《ふかで》を負い、無傷の者は一人もいなかった。腕利きを揃えた護衛陣が呆気なく斬り破られ、改めて警備態勢の見直しが迫られた。

それにしても際どいところを救ってくれた陰供は何者か。板倉家中の屈強な護衛陣を手もなく斬り破った刺客集団数名を、あっという間に追い払った陰供は尋常の者ではない。あの陰供がいなければ、隼人正は確実に討たれていたであろう。おもいだしてもぞっとするような場面であった。

隼人正に陰供の心当たりがないでもなかった。熊谷改め山羽鹿之介、山羽藩三十二万石の後嗣である。鹿之介には凄腕の女忍《くノ一》がついているという噂である。おそらく鹿之介がその女忍に、隼人正の陰供を申しつけたのであろう。

隼人正は隆元の始末を落葉長屋の大家・高坂庄内に密かに指示した。落葉長屋の衆は山羽鹿之介の外臣である。庄内に指示すれば、必ず鹿之介が動くと読んでの遠隔操作である。

鹿之介を動かして、榊の片翼・隆元を取り除き、榊の政治壟断に歯止めをかけ、幕政の改革を狙っている隼人正の真意を察知しているはずである。

いま隼人正が手を着けた大奥の粛清は、榊のもう一枚の翼をむしり取ることになる。おそらく刺客はその辺から送り込まれたのであろう。

身辺の警備は充分にしているつもりであったが、甘かった。山羽鹿之介はその甘さを見通して、陰供をつけてくれたのであろう。これで鹿之介に借りをつくった。つまり、鹿之介の戦力を高く評価して、榊意忠の押さえに利用しようとした隼人正の魂胆を読まれていたということになる。

山羽鹿之介にとって隼人正に陰供をつけていたのは、一種の保険である。鹿之介としても立石家良暗殺に手を貸すことはかなり危険な橋を渡ることになる。

たとえそのことが当代将軍の御意に適い、隼人正の内意であるとしても、幕府の政策に反することは確かである。三十二万石の後継者としては渡るべき橋ではない。にもかかわらず、渡るからには、板倉隼人正を保険にした。

さすがは山羽鹿之介。できると、隼人正は感嘆した。

るいは鹿之介に、板倉隼人正が下城の途中、正体不明の黒衣の集団に襲撃され、撃退したことを伝えた。

「よくやった。やはり襲って来たか」

鹿之介はるいの陰供の成果を褒めた。

「あの者どもは榊の手の者ではございませぬ」

るいは意外なことを言った。

「なに、榊の手の者ではないと……」

「御意。私めがおもいまするに、襲って来た者どもはすべて女でございました」

「女だと」

鹿之介はますます意外におもった。

「兵力は六名、すべて女忍でございました」

「女忍が六名。左様な女忍を飼っている者がいるのか」

「大奥に無嗅衆《むきゅうしゅう》なる女忍を累代養いおる噂を聞いております。いずれも尋常ならざる技の持ち主ということですが、その正体はわかっておりませぬ。しかし、昨夜出会った者どもは、いずれも恐るべき遣い手ばかり。とうてい道場剣法の敵うところではございませぬ。私とても、きゃつらが早々と退かねば苦しいところでございました」

「るいがそのように申すからには、さぞや遣い手であろうのう。よくぞ板倉を護り通してくれた……。それにしても無嗅衆とはのう」

鹿之介は新たな強敵の出現の気配に緊張していた。大奥が独自の兵力として女忍集団を養っていたとしても驚くには当たらない。

表の伊賀者が表門の守衛や、将軍の他出時の供廻りをする程度に牙が抜けてしまったいま、大奥は幕政に容喙《ようかい》するほどに勢力をたくわえてきた。単に女色をもって将軍の援庇を得、威勢を延ばしただけではなく、時に臨んで汚い仕事を代行する兵力を密かに養っているという噂はあった。その実証をいま目の当たりにしたおもいであった。

無嗅衆なる女忍の集団、これを大奥が板倉暗殺のために差し向けてきたとなると、事態は予断を許さない。

板倉の容赦なき大奥の摘発が、彼女らの強い反発を招くのは必至の成り行きである。

ついに大奥が子飼いの秘密兵器・無嗅衆を動員して板倉を襲わせた。由々しき事態であるが、板倉の安全を確保するために、るいを陰供につけておいた。だが、刺客の派遣元が大奥とは予測の外にあった。

大奥の抵抗が予想される以上、当然、その方面に対する備えは立てておくべきであったが、迂闊であったと、鹿之介は自戒した。

女忍のみにより構成された刺客団とはまったく新手の敵である。さすがに大奥の秘密兵器である。

「おそらく無嗅衆の飼い主はおもんの方であろう。大奥はおもんの方に対抗するおりつの方ほか、数派の側妾が覇を競い合っている。おもんの方の背後には香源院がおり、おりつの方の後ろ楯には榊がいる。大奥の反おもんの方派、および手をまわせる限りから無嗅衆についての情報を狩り集めよ」

「すでに手をまわしております。二、三日うちに無嗅衆についての知れる限りのことは集まりましょう」

るいは言った。

「さすが、手回しがよいのう。女忍は女忍同士、るいの出番がますます増えるが、頼みにしておるぞ」

　鹿之介はるいを頼もしげに見た。

　二日後、るいが報告に来た。

「無嗅衆についておおかたの情聞や風説が集まりましてございます」

「さすが早いの」

「風聞の域を出ませぬが、出自は伊賀。本能寺の変以後、徳川家に仕え、同じく徳川家に服属した甲賀に、江戸城本丸と正門の守護大任を奪われたのに対して、伊賀は江戸城大奥、および裏門の護衛に回されましたことは周知の事実にございます」

　しかるに、伊賀組は次第に大奥護衛のほかに、政務の補佐役に当たるようになり、忍者としての牙を失っていった。将軍所有の各所の御殿や、大名の空邸を管理し、大奥財務を担当して、出入り商人を所掌した。

　こうして伊賀組は忍者から次第に官僚化していったのである。

　そのうち伊賀組の女は無嗅衆と称せられて大奥直属の護衛として大奥に残り、奥方や高級女中の代参に随行した。だが、これは大奥女忍《くノ一》の表向きの役目であり、大奥に反感を持つ幕閣や高級旗本、あるいは大名諸家などの暗殺も請け負っていたらしい。

「これまで確かめられている無嗅衆は、統領志能《しのう》以下、陰湯《かげゆ》、芙蓉、寝刃《ねたば》、螢火、鶉《うずら》、水月、おまちの八名にございます。この者どもの特技はわかっておりません。私が一度手合わせした感触から、いずれも容易ならぬ技の主。八名中一人の小手は斬り落としたものの、それがどの程度の損傷に当たるものか見当がつきません」

「そなたのくの字返しを躱《かわ》せる者はおるまい」

「それが最初の一人のみをかすりまして、他の者は悉《ことごと》く躱してございます」

るいが考案したくの字型の手裏剣は、的に向かって投げると、空を旋回して元の位置に戻ってくる。距離をおいた陰供にとっては恰好の武器であった。

だが、暗夜、くの字返しを用いると、返ってきたくの字返しを用いた者自身が傷つけられることがある。極めて危険な両刃の武器であった。

敵もくの字返しを使う陰供がついていようとは予測していなかったようである。板倉を深追いせず、あっさりと撤収した事実を見ても、るいが敵にあたえた衝撃の強さがわかる。

「今度《こたび》は無嗅衆も退いたが、このまま黙ってはいまい。きゃつらは目的を達しておらぬ。今後とも板倉殿の陰供をつづけてくれ」

鹿之介は改めてるいに言い渡した。

「仰せの通り、板倉様の陰供は仕りますが、兄君のご身辺もくれぐれもご用心なされませ。無嗅衆が陰供の素性を察知すれば、兄君が狙われます」

「ふ、それこそ思う壺と申すものよ。そなたと力を合わせて無嗅衆を潰せるではないか」

鹿之介がにやりと笑った。

「兄君、無嗅衆を甘く見てはなりませぬ。きゃつら、螺旋一味や闇法師以上の恐るべき敵。ましてや、闇法師の飼い主・榊と大奥の飼い犬・無嗅衆が手を結べば、容易ならざる兵力となります。私一人の手にはあまります」

「案ずるには及ばぬ。おもんの方とおりつの方は大奥の覇権を激しく争うておる。おもんの方の飼い犬が榊の飼い犬と手を結ぶはずもあるまい。むしろ、両者をかけ合わせる絶好の機会ではないか」

鹿之介は愉しいことでも計画しているかのような表情をした。

るいは三方に敵を受けて平然としている鹿之介に、改めてその器の途方もない大きさを感じた。彼には権力に対する野心もなければ、運命も信じていない。運命は自ら切り拓くものであり、一度限りの人生は運命に左右されるべきではないとおもっている。

三十二万石の大屋台を背負った（背負わされた）ものの、生来の気概は失っていない。鹿之介にとって、人生とは愉しむべきものである。いかなる苦難も、また彼の前に立ち塞がる敵も、三十二万石の重荷も、その人生を愉しくするための発条《バネ》である。

るいと共に落葉長屋に逼塞していたころは、鹿之介は能天気に江戸庶民の暮らしを愉しんでいた。武家のしがらみから切り離され、その日その日を自由気儘に生きる。

鹿之介はそんな生き様《ライフスタイル》を心から愉しんでいた。

それが運命の鎖を取りつけられ、三十二万石の大屋台を押しつけられてから、責任と敵対者の圧力と戦う喜びをおぼえたようである。いわば浅海から深海に移り、重圧が彼の生存条件《レーゾンデートル》に変わってきたようである。愉しむだけであった生活形態が、苦しんで愉しむスタイルに変わったのである。

鹿之介の変容に応じて、その器も大きく堅牢になっている。彼は苦難をむしろ愉しんでいる。

素性不明の刺客陣に襲われた後、板倉隼人正は初島以下、随行していた表使、お使い番、小姓まで容赦なく処罰した。

初島は罪一等を減じて、信州・諏訪に流罪。表使玉垣以下一味はそれぞれの地位に応じて各地に配流された。また初島の相手、中村座の鶴川菊三郎は大島に流された。延命寺の住職・玄海は死罪を申しつけられた。絵島生島事件を上まわる大規模な大奥への手入れであり、厳罰であった。

絵島生島事件の際は、その庇護者、将軍生母月光院の口添えもあって罪一等を減じられたが、今回の摘発に際しては、おもんの方からなんの減刑嘆願もなされなかった。へたに動くとおもんの方にも飛び火しかねない気配を察知したからであろう。

それだけに、おもんの方が板倉隼人正にたくわえた怨みの大きさが想像された。

おもんの方がこの性醜聞に連座していることは明らかである。だが、隼人正はそこで追及の鉾《ほこ》を止めた。

かくて大奥の大手術は終わったが、その病根は幕府の中核に及んでおり、ついに抜去できなかった。

隼人正は無念であったが、病蝕を切除しようとすれば、幕府の生命そのものに関わってくる。爛熟し、腐敗しきっていた大奥に、これだけの打撃をあたえた事実をもってとりあえず諒《りょう》とすべきであった。

初島一味の摘発は、榊意忠にも深刻な衝撃をあたえた。意忠も、まさか板倉がここまでやろうとはおもってもみなかったのである。幸いにもおりつの方は摘発から免れたが、探られれば脛に傷を持っている。危ういところであった。

隼人正の真の狙いは、おもんの方ではなく、おりつの方であったかもしれぬ。おりつの方を取り除けば、意忠は隆元と大奥の両翼を失うことになる。

幸いにして隼人正の鉾先がおもんの方に向けられたので、危うく助かったが、当日、おりつの方が御用にかこつけて他出し、役者衆や色僧を呼び集めて歓を尽くしているところに踏み込まれた場面を想像して、意忠はぞっとなった。

現場を押さえられれば、いかに意忠の権勢をもってしても庇いきれなくなる。

だが、おかげでおりつの方の大奥での最大の強敵・おもんの方は、この度の事件で失権した。

「漁夫の利を得るのはわしかもしれぬ」

当初、衝撃を受けた意忠はおもい直した。おもんの方に代わっておりつの方の勢いが強くなっている。将軍の寵愛もおりつの方に傾いている。世子の出自が疑われ、おりつの方が首尾よく懐妊すれば、大奥の勢力分布は一気に塗り替えられる。

大奥でのおりつの方の台頭は、意忠にとっては久しぶりの朗報であった。

門前晒し

榊意忠がおもんの方の失権に漁夫の利と悦に入っているとき、鹿之介はるいや破水、長屋衆を呼び集めて密命を下した。

「先夜、板倉隼人正殿を襲った素性不明の刺客団は、榊意忠の手の者であるという噂を流せ。噂はあっという間に江戸中に広まるであろう。もともと榊大老と板倉隼人正殿は激しく対立しておる。初島の事件に脅威をおぼえた榊が、板倉殿に刺客を差し向けても、なんら違和感はない政治環境にある。この件に関しては奉行所も板倉殿の支配にある。噂をできるだけ派手に、江戸中に流しまくるのじゃ」

鹿之介の密命を受けた破水や、庄内や、長屋衆は気負い立った。そういう噂であればお手のものの連中である。

瓦版屋の文蔵は江戸中の瓦版屋にこの噂を流した。庄内は、その広範な裏通りの人脈に、また破水は社寺筋に、医師の安針と薬師の百蔵は医薬方面に、白拍子の夢夜叉は芸能方面に、旅絵師の南無左衛門は画商や絵描きに、その他油売りの滑平、蚊帳売りの清三郎、扇売りの仙介、魚屋の新吉、針磨《はりす》りの鋭太など、それぞれに強い方角に噂を流しまくった。

文蔵が書きまくり、長屋衆が吹きまくった噂は、燎原の火のように江戸中に広まった。

噂は速やかに意忠の耳に入った。意忠は仰天した。漁夫の利と密かに悦に入っていたおりつの方の台頭が、にわかに風向きが変わって、意忠に逆風となって吹きつけてきたのである。

大老が政敵の老中に闇討ちを仕掛けたとは穏やかではない。根も葉もない噂とは黙殺できない具体性と勢いをもって燃え広がっている。この対応を誤れば、榊政権の崩壊につながりかねない。

当初の狼狽から立ち直った意忠は、激怒した。そして、噂の出所が、口さがない無責任な江戸っ子ではなく、仕掛けられた罠であることを察知した。おそらく榊の失脚を狙った巧妙な工作であろう。忍者得意の諜報活動である。

忍者といえば、すぐおもい当たるのが山羽鹿之介を護衛している女忍である。

「またしても、山羽鹿之介め」

意忠はおもわずうめいた。この噂の源が鹿之介と確かめられたわけではない。だが、意忠の心証は速やかに煮つまった。

この時期、板倉暗殺を企む容疑者として、意忠ほど恰好の人間はいない。事実、意忠は板倉なかりせばと心中に念ずるほど、その存在を鬱陶しくおもっている。そのような噂が立たなければ、板倉に刺客を差し向けたかもしれない。

噂の工作人はその辺の意忠の心理を読み取っている。根も葉もない噂と笑殺できないほどの勢いで、噂は広まっている。

奉行所に命じて噂の源を突き止めたくとも、町奉行、寺社奉行共に板倉が握っている。

馬が人語をしゃべったという噂が、かつて江戸市中に流布したことがあったが、奉行所はこれを執拗に一人一人さかのぼり、ついにその出所として筑紫某という浪人を突き止めた前例があった。

それほど町奉行所の探索力は優れているが、板倉暗殺容疑の噂に関しては、板倉が掌握している奉行所は使えない。

意忠は歯ぎしりした。

証拠はないが、幕閣も意忠に疑いの目を集めている。へたに抗弁すれば、ますます疑惑を濃くしてしまう。さりとて無視はできない。

どうやら板倉が正体不明の刺客に襲撃されたという噂は事実らしい。仕掛け人が意忠でなければ、だれか？　意忠自身が自分以外におもい浮かぶ容疑者がないことも腹立たしい。

意忠は本陣暗四郎を呼んだ。

「そなたも巷の噂を耳にしているであろう。工作人は山羽鹿之介にまちがいあるまい。きゃつ、配下の女忍や、落葉長屋の者どもを使って噂を流布しているに相違ない。長屋の者どもの中に瓦版屋がおると聞いておる。そやつを捕らえて締め上げよ。そやつが吐けば、埒《らち》もなき噂を流布せしめ、人心を惑わし、世間を騒がせし罪軽からずとして、鹿之介の首根を押さえられる。

ただし、殺してはならぬ。生け捕りにせよ。一人でもきゃつらの口を割らせれば、噂の源は突き止められる。その上で一挙に叩き潰す」

と命じた。

本陣暗四郎は名誉挽回の好機と奮い立った。意忠の密命を好機として、落葉長屋の住人どもを叩く。必ず女忍が出てくるであろう。

前回は、たかが女忍一匹という侮《あなど》りがあったために、おもわぬ後れを取ったが、今度こそ闇法師八陣の恐ろしさをおもい知らせてやる。暗四郎は心に期するものがあった。


「さあさ、びっくり仰天。天下の一大事《いちでえじ》。地震、雷、火事、親父、これほど怖いものはないねえ。粋な姐ちゃんもおもわず立ち小便だ。正義の味方、庶民の守り神、ご老中・板倉隼人正様を闇から闇に葬り去ろうとしかけた謎の刺客の黒幕が、なんとなんとご大老・榊意忠様だってえんだから、天下は天下でもびっくり仰天下の一大事だ。

なるほど、榊大老は公儀の第一人者。公方様のご寵愛を独り占めして、並び立つ者なき天下第一等の権勢者……鷺を鴉と言やあ鴉、黒を白と言やあ白になっちまう。

ところが、ここに曲がったものは髷《まげ》も渦巻きも許せねえという板倉様が、鷺は鷺、鴉は鴉、黒は黒と言い張って一歩も譲らねえ。天下のご大老にとっちゃあ、まことに目の上のたんこぶ、玄関先の牛の車だあな。牛の車は引けば動くし、押しても動く。しかし、板倉様が牛車に乗ってれば、引いても押しても動かねえ。

さあ、この先はどうなるか。お参りするのが丑の刻。白い衣に一本歯、蠟燭三本火を灯し、立てた鼎《かなえ》を頭上にかざし、胸に円鏡吊り下ろし、憎む相手を象《かたど》った藁人形をば五寸釘、打ちつけ磔《はりつけ》十七日、まさかの鶏冠《とさか》だ。

牛の小便十八両、その辺のいきさつがたったの六文で隅から隅までぜーんぶこれに書いてある。さあさ、買うならいまのうちだよ。残り少ない限定版だ。目に一丁字のねえ（読めない）人には絵が描いてある。さあ、買った買った」

と、まさに絵から抜け出して来たような苦み走った二人が、流行の着物を小粋に着こなし、渋い三尺帯をぴしりと締めて、歯切れのよい啖呵《たんか》で売り歩く姿は、江戸の風物であった。二人連れの若衆は、落葉長屋の文蔵と、蚊帳売りの清三郎である。

瓦版屋は字突きという細い棒を右手に持ち、左手に抱え持った瓦版をポンと叩いては、記事に節をつけて読み歩く。一人が読み、相棒が三味線を弾く。

文蔵の流暢《りゅうちょう》な啖呵に合わせた清三郎の蚊帳売りで鍛えた美声が、三味の音と共に伴奏し、その絶妙な呼吸や様子のよさは、女ならずともうっとりするほどである。

大老が老中の一人の暗殺の仕掛け人だと書いた瓦版を、お膝下の市中で売り歩くなど、本来ならばあり得ないことである。お上のご政道を批判するどころか、お上そのものを暗殺容疑者として書きまくり、読み売り歩けば、首がいくつあっても足りない。

表現や言論の自由の許されない時代の瓦版（報道）の内容は、まずは芸能の情報、そして災害、仇討ち、喧嘩、奇人・孝子、忠臣の顕彰、神仏の御利益、流行歌、狂歌、戯文など、毒にも薬にもならない記事ばかりである。

それでも世論を恐れる権力者にとって、瓦版は煙たい存在である。戯文や狂歌でもお上の逆鱗に触れれば、たちまち発禁、発行者は処罰される。

だが、いま文蔵らが売りまくっている瓦版には、流行歌や狂歌などのカムフラージュすらしていない。榊大老を名指しで暗殺容疑者としている。彼らは奉行所が密かに支援してくれていることを知っている。

瓦版を売り歩いていると、奉行所から形ばかりに取り締まりに出てくるが、それこそ牛車のようにゆっくり、のんびりやって来て、瓦版屋がとうに立ち去った跡地から庶民が読み捨てた瓦版を拾い集めてお茶を濁している。

奉行所の手ぬるい姿勢に、市中の瓦版屋は一斉に文蔵の驥尾《きび》に付して売りまくるものだから、噂が噂を呼び、一種の社会現象のようになってしまった。

どんな権力者も世論には弱い。民が離反した権力者は、武力に訴えても民を押さえ込むか、あるいは失脚する。

天下泰平の市井に、武力（正規軍事力）を動員することはできない。となると、権力を維持するためには非正規の武力（暴力）を使う以外にない。

榊意忠は社会現象となった噂を封じ込めるために、闇法師に密命を下した。噂は燃え盛っていても、火種さえ消してしまえば鎮まる。人の噂も七十五日。

意忠は経験で火種さえ揉み消してしまえば、もっと早く鎮火することを知っている。ましてや、今度《こたび》の容疑はまさに濡れ衣であり、山羽鹿之介にはめられたおもいが強い。

意忠に疑われるような下地を衝かれたのであるが、へたに反論すれば、ますます傷口を広げる虞がある。この際、闇から闇に火種を揉み消してしまうのが、最も適切な対応である。

文蔵たち落葉長屋の住人たちは、いい気分であった。この噂流しはご政道への真っ向からの物言いである。思想、宗教、言論、表現の自由のまったくない時代にあって、今日の報道にあたる瓦版は、少しでも政道に触れるような文言記事は禁忌《タブー》であった。

そんな権力の網にがんじがらめにされながら、それでも瓦版は一見、毒にも薬にもならないような記事を読み歩いて売りながら、上が被せた発禁の網目を、落首や戯文で巧妙にカムフラージュしてくぐり抜け抵抗した。

時には幕府が、瓦版の辛辣な批判や嘲笑に気がつかないこともある。それをさらに材料《ネタ》にして、嘲弄する。絶対権力が民に虚仮《こけ》にされているのである。

瓦版屋は常に身体を張って、読み売り歩いている。それだけに読売屋には反骨精神豊かな者が多い。

それが今回はなんのカムフラージュもせず、言いたいこと、書きたいこと、日頃胸の奥にためていた上に対する鬱憤をすべて吐き出すようにして、幕府大老を批判している。しかも、瓦版の禁忌《タブー》を取り締まるべき奉行所は見て見ぬふりをしている。こんな痛快なことはない。読売冥利に尽きるおもいであった。権力が内部崩壊を始めた隙を、読売の一本箸が衝いた形である。

二人は街角に夕闇が降り積もるのも忘れて売り歩いていた。

路地の奥から漂ってくるうまそうな煮炊きのにおいに、腹の虫がぐーっと鳴いた。町の空に残照が濃い。江戸の町が最も穏やかな横顔を見せる時間帯であった。

照明に乏しい江戸期では、太陽が落ちれば夜の感覚である。昼と夜の端境期、光と闇が交替する黄昏《トワイライト》どきは、江戸情緒が最も濃厚に煮つまる。江戸の夕景の名所は大川端であり、歌舞伎「三人吉三」中のお嬢吉三の名台詞「月もおぼろに白魚の、かがり火かすむ春の空、冷てえ風もほろ酔いに、心もちよくうかうかと、浮かれ鳥のただ一羽、塒《ねぐら》へ帰る川端で（後略）」と歌われたように、凝縮されてくる夕映えを背負って、対岸の家並みや火の見櫓《やぐら》がシルエットを濃くしていく。点々と灯った窓の灯火が川面に落ちて砕ける。

だが、江戸の暮色はそんな名所に行かずとも、どんな平凡な街角でも、人の心を解きほぐすような柔らかさがある。それは街並みや人間たちと一体となって醸しだす情景であった。

どんなに美しい夕陽でも、そこに人間が介入していなければ、単なる自然現象にすぎない。江戸の暮色の情緒は、江戸という大都会が一日の務めを果たして落ちていく夕陽と共に織り成す、江戸に蝟集《いしゅう》した多数の人生模様である。それが束の間の暮色に染められて、闇に統一されていく。

「おれたちもそろそろ塒へ帰ろうか」

文蔵と清三郎がうなずき合った。ちょうど瓦版も売り切れている。ここまで従《つ》いて来た若い娘たちは名残惜しそうにしている。

「さあさ、姐さんたち、親御さんが勾引《かどわか》されたんじゃねえかと心配を始めているよ。足許の明るいうちに帰った帰った」

と清三郎が娘たちに呼びかけると、

「もう足許が暗いわよ。家まで送って」

とおきゃんな声が返ってきた。

「そいつは無理な相談だよ。おれっちは二人、姐さん方は多すぎる」

清三郎が応ずると、

「私、一人だけを送ればいいわよ」

「いいえ、私一人」

「二人まで。籤《くじ》で決めて」

とたちまち嬌声がわいた。それをなだめすかしてようやく解散させ、やれやれと顔を見合わせたとき、ふっと首筋に冷たい風が走ったような気がした。はっとしたときは、数個の黒影に取り巻かれていた。いつの間に忍び寄ったのか、まったく気がつかなかった。

「ごめんなすって。瓦版は売り切れやした。また明日めえりやすから」

文蔵が謝った。

「さあさ、びっくり仰天。天下の一大事。地震、雷、火事、親父、これほど怖いものはないねえ。粋な姐ちゃんもおもわず立ち小便だ。

中身はすでに諳《そらん》じるほど聞いておる。お上を嘲弄する不埒者め」

黒影の一人が言った。吹きつけるような凄まじい殺気を浴びせかけられて、文蔵と清三郎はおもわずよろめきそうになった。

二人は本能的に黒い影が尋常の者ではないことを察知した。螺旋道場の者どもでもない。いずれも異界から来たあやかしのような、この世の者ならぬ気配をまとっている。

二人はその気配に記憶があった。過去向かい合っている。彼らの雇い主はおおかた推測がつく。

「どちらにするか」

影の一人が口中で薄く笑ったようである。

「生け捕りにせよという仰せであったが……」

他の影が言った。

「二匹とは聞いておらぬ。一匹いれば充分」

含み笑いをしたまま、最も凶悪な影がじりっと肉薄してきた。二人は生まれて初めて本物の恐怖をおぼえた。彼らは二人のうちの一人を殺そうとしている。文蔵か清三郎のいずれにするか、迷っているようである。影はその選択を愉しんでいるようであった。

(もしものことがあったときは、これを吹きなさい。普通の人間の耳には聞こえないが、忍者の耳には聞こえます)

と、るいから渡された笛を文蔵は咄嗟に口に含んだ。幸いにして暮れ勝る夕闇の中に、黒い影は文蔵の動きを見過ごしたらしい。文蔵は祈りを込めて口に含んだ笛を吹いた。彼の耳には聞こえない。黒い影集団の耳にも聞こえていないようである。

（おるいさん、来てくれ）

文蔵は念じた。とうてい一本箸で立ち向かえる相手ではない。仮に武器があったところで、彼らはいずれも超常の化け物である。

頭上の夕映えが薄れつつある。街角は杳々《ようよう》と暮れ勝り、人の往来は絶えている。夕映えが完全に消えたとき、二人のうちどちらかが殺《や》られる。

（清三郎、逃げろ）

笛を含んだ口で言えないので、手で合図をした。

「死ぬなら一緒だ」

清三郎がおもいつめた目をして答えた。逃げて逃げられる相手ではない。もともと命を張って始めたことである。蚊帳売りとは異なる覚悟を定めている。

「さすがは音に聞こえた落葉長屋の連中よな。いい度胸をしておる」

影が言った。どうやら彼が化け物の頭目らしい。

頭上にかかった最後の夕映えの一刷《ひとは》けが消えた。周囲が急に暗くなった。

「来るぞ」

清三郎の声と同時に、殺気が迸り、剣光と清三郎が打った蚊帳が交差した。次の瞬間、蚊帳は半開きのまま地上に落ち、首を失った彼の身体が佇立していた。首は地上にも落ちていない。

「ふふ。姑息な真似をしおって」

頭目が笑った。なんと彼は切断した清三郎の首が地に落ちる前に剣尖に串刺しにしていたのである。清三郎の蚊帳打ちよりも一瞬速く首を薙ぎ落とし、地に落ちる前に剣尖に突き上げた。

「ふふ、我らに対して同じ手を用いるとは……愚か者めが」

頭目は嘲笑った。

一刀のもとに清三郎の首を離断した影は、鞭を使う闇法師の統領であった。前回の対戦で鞭が蚊帳に弱いことを知り、剣をもってまみえたのである。

「遊びはこれまで」

統領は地に根が生えたかのように首を失ったまま佇立している清三郎の死体を無造作に蹴倒すと、文蔵に近づいて来た。

「きさまは殺さぬ。大切な生き証人だ。じっくりと可愛がってやる」

統領は地上に落ちていた清三郎が打った蚊帳を蹴り上げた。蚊帳は生き物のように文蔵の身体に巻きつき、自由を奪った。

「仲間の投網だ。おとなしくしておれよ」

統領が顎をしゃくると、数個の黒い影が殺到して文蔵を担ぎ上げた。その弾みに、彼の口中から、るいから渡された笛がこぼれ落ちた。

万事休す。文蔵が観念の眼を閉じようとしたとき、夜気を裂いて飛来した物体があった。

「くの字返し」

文蔵はるいが駆けつけてくれたことを察した。円盤は何人かの闇法師の身体をかすって飛び去った。

「来たな、女忍」

統領は逸速くるいのにおいを嗅ぎ取ったらしい。

「本陣暗四郎、清三郎さんの仇だ。生きては帰さぬ」

るいの頼もしげな声が闇の奥に聞こえた。

「笑わせるな。それはこちらの台詞よ」

統領が言葉を返した。

「その声は本陣暗四郎だね。どうやら傷が回復したようだね」

るいが言った。

「傷などはないわ。あれで刺したつもりか」

暗四郎が嘲笑った。るいに傘槍で突かれたことを言っているのである。常人であれば傘槍に胸板を突き抜かれ、生きてはいられないはずであった。不死身の体質でわずかな日数のうちに傷口は自然治癒したらしい。

ふたたび夜気の中に円盤の走る気配がして、闇法師は地に伏した。るいの投擲する恐るべき凶器にも、すでに馴れたようである。

いつの間にか文蔵は身体の自由を回復していた。るいのくの字返しの第二投は闇法師に向けてではなく、文蔵目掛けて飛来した。文蔵の身体に絡みついていた蚊帳を、着物一枚の差で切り払うと、るいの手許に戻っている。

「次は暗四郎、おまえの番だよ」

るいが言った。

「笑止なり」

暗四郎はせせら笑った。何度斬られようと突かれようと不死身の体質である暗四郎は、余裕綽々《しやくしやく》としていた。

　ましてや、暗四郎以下、蚊爪式部、忍海部源斎、虫刈永伝、呑海ら闇法師八陣中、健在な者が勢揃いしている。

「飛んで火に入る夏の虫だ」

　るいの恐ろしさはすでに一度対戦してわかっているつもりであるが、圧倒的多数の驕りに加えて、女としての侮りがある。

「夏の虫はどちらかな」

　別の方角の闇から声があった。はっとして視線を転ずると、いつの間に来たのか、煮つまる夕闇から分離した二個の人影がうっそりと立っている。

「山羽鹿之介見参」

「熊谷孤雲参る」

　名乗られて、本陣暗四郎以下闇法師は、仕掛けられたのは自分たちらしいことによようやく気づいた。だが、依然として兵力が優勢であることには変わりない。

「許せ。もう少し早く駆けつけていれば、清三郎を死なさずにすんだ」

　鹿之介の声が翳った。

「私の責任です。清三郎の仇はこの場で取ります」

るいが言った。

「女狐一匹とおもっていたが、大きな鴨がかかりおった。手間が省けてよい。まとめて返り討ちにしてしまえ」

暗四郎の命令一下、蚊爪式部は口を開いて煙霧を吐き出した。煙霧はぶーんという不気味な音を発して空間に拡がりながら近づいて来る気配であった。

るいは本能的に危険を察知して、拾い上げた清三郎の遺品、蚊帳を空間に張りめぐらしながら振り回した。季節外れの蚊の大群はたちまち蚊帳に搦め捕られ、地上に叩き落とされている。

蚊爪式部は口中に毒蚊を養う術の持ち主らしい。四季を通して蚊の住みやすい環境に毒蚊を養い、敵と向かい合うときに口中に蓄える。蚊毒に対して免疫のある身体になっているのであろう。

蚊毒は群れて刺してこそ威力を発揮する。少数が生き残ってもさしたる影響はない。式部は秘密兵器を一瞬の間に無力にされて狼狽した。

「逃すか」

間髪を入れず、くの字返しが飛来して、式部の首と胴を分断した。鋼鉄の円盤は式部の生首を乗せたまままるいの手許に戻ってきた。束の間、怯んだ闇法師に、鹿之介と孤雲が斬り込んでいた。

「祖父上、殺してはなりませぬ。生け捕りにして、雇い主を吐かせます」

鹿之介が孤雲に声をかけた。

「案ずるな。刀が汚れる」

孤雲が余裕をもってにやりと笑った。闇法師がこれほど翻弄《ほんろう》されたことは、これまでの経験にない。

「退け。相手にするな」

このとき暗四郎は意外な命令を発した。忍海部源斎、呑海、虫刈永伝が同時に剣を退いた。

鹿之介は榊を失権させるために入念に罠を仕掛けていた。そのために巷にあらぬ噂を流布し、落葉長屋の住人を餌にして待ち伏せしていた。

噂を揉み消すために闇法師を動かした黒幕が榊であることが証明されれば、板倉暗殺の企みを自ら裏書きしたことになってしまう。

同時に、落葉長屋衆の一人でも噂の源が鹿之介であると口を割れば、彼は破滅する。鹿之介の破滅は山羽三十二万石の死活に関わっていく。双方共に諸刃の刃を使って仕掛け合っているのである。

だが、鹿之介には勝算があった。運命の一部とはいえ、山羽三十二万石、家中・家族含めて数千の運命を諸刃の刃にかけるわけにはいかない。

榊意忠が闇法師を動かしたこと自体が、彼にしては軽率である。榊は失地回復のために明らかに焦っている。焦っている者が諸刃の刃を使うと危ない。

仕掛けたはずが、逆に仕掛けられていたと悟って退くとしても、闇法師らしくない。まだ勝敗は決しておらず、闇法師に勝機がないわけではない。蚊爪式部を失っても、闇法師の兵力は依然として優勢である。

針ケ谷鳥雲と一丁字右近の姿がこの場にないことも不気味である。彼らにしてみれば、鹿之介を葬る絶好の機会を、戦わずして見送ろうとしている。

鹿之介と孤雲は同時に不審を抱いた。蚊爪式部の首を乗せたくの字返しが、るいの手許に返ってきた。そのときこそが鳴いた。

「るい、危ない。くの字返しを外せ」

鹿之介と孤雲が同時に声をかけた。るいもこぞの鳴き声に危険を察知した。

返ってきたくの字返しに新たな力を加えて手放した。くの字返しは一斉に退いた闇法師を追尾した。四陣にたちまち追いついたくの字返しは、彼らの逃路を塞ぐように して旋回しかけた。

先頭を走っていた呑海の目が円盤の上に乗っている式部の目と合った。死んでいるはずでありながら、式部の目がにやりと笑ったように見えた。

呑海は本能的に危険を察知した。だが、そのまま走る加速度に乗って飛行する円盤に飛びついた。同時に式部の生首から閃光が迸り、呑海の身体が炸裂した。式部の頭部に爆薬が仕掛けてあったのである。

呑海の周囲を走っていた三陣もそれぞれ損傷を受けたが、呑海が身を楯にしたおかげで軽傷である。

追跡しかけた鹿之介、るい、孤雲の頭上に飛散した呑海の身体の破片がばらばらと落ちてきた。

「危ない」

るいが叫んで、傘槍の傘を孤雲と鹿之介にさしかけた。自らは呑海の破片を斬り払った。

傘は煙を発し、地上に落ちた肉片は活き作りの刺身のようにぴくぴく震えている。踏みつぶすと履き物が焦げた。呑海の肉片はそれぞれが高熱を発する発熱体であった。散乱した肉片は篝火《かがりび》のように炎を発して、彼我闘う界隈を明るく照らしだした。

束の間唖然として棒立ちになった鹿之介、るい、孤雲に、暗四郎以下三陣が向かい直った。これで彼我対等の兵力となった。

鹿之介が暗四郎と向かい合い、るいが忍海部源斎に相対し、孤雲が虫刈永伝に対した。兵力は互角であるが、鹿之介たちは盛り返す勢いに乗っている。闇法師はすでに式部と呑海を討たれて、戦意が落ちている。

鹿之介は暗四郎が斬っても突いても不死身の体質であることを知っている。全身護《ご》謨《む》のような筋肉の持ち主である暗四郎は、どんな損傷を受けてもたちまち自然治癒する能力を持っている。その知識をすでに持っているということは、それだけ有利であるということである。

るいは源斎と向かい合いながらも、暗四郎を視野に入れている。源斎の特技は不明であるが、るいの任務は源斎を倒すことではなく、鹿之介の護衛である。

鹿之介と暗四郎が剣を交えた。剣技は互角。彼我双方譲らず、火花を散らして斬り結んでいる。相討ちに持ち込めば必ず勝てる暗四郎に余裕がある。打ち込む彼は、剣以外に鞭という武器がある。

暗四郎を横目に睨みながら、源斎に向かっていたるいの視野に、奇怪な現象が生じた。突然、源斎の姿が割れて、複数になった。源斎は目晦ましの術を使うようである。

「愚かな」

るいは嘲笑った。目くらましの分身を並立させれば、空間を水平に旋回するくの字返しの据物斬りの素材となってしまう。

源斎の術を見極めたるいは、くの字返しを投げた。水平に飛行するくの字返しによって、源斎の分身はたちまち薙ぎ払われた。

だが、彼の分身の本領はその後にあった。並列していた分身が消えて、垂直に立ち上がった。分身の肩に分身が乗り、さらにその上に分身が立っている。さすがのるいもぎょっとなった。

垂直に伸びる分身は見たことがない。そして水平に旋回するくの字返しは、垂直の分身に対して無力であった。頭上から凄まじい殺気が落下してきた。

あわやと見えた瞬間、るいの身体が地上に這った。地上を横転しながら手裏剣を連投した。源斎の分身を狙ってではない。旋回しているくの字返しを狙って放たれた手裏剣は、るいの手許に返りつつあるくの字返しに命中して、その飛行方向を変えた。

変針したくの字返しの方角に、源斎の本身が落下してきた。地上に下り着く前に、源斎はくの字返しに両足を薙ぎ払われて、着地したときは自力で動けなくなっていた。

源斎を倒した余勢を駆って、るいは鹿之介に助勢した。

そのとき相討ち承知の上で間合いを詰めた暗四郎は、突如介入して来たるいによって相討ちの間合いを狂わされた。鹿之介に対する構えをるいに振り替えたときは、すでに遅きに失していた。

半身を開いて辛うじて躱したが、相討ちとなるべき鹿之介の仕掛けに対して完全に立ち遅れた。鹿之介が振り下ろした剣によって、肩から乳の辺りまで斬り下げられたが、暗四郎は、

「それで斬ったつもりか」

と呼ばわると、鹿之介の剣をくわえ込んだまま身体をひねった。予想もしなかった不可解な力を加えられて、鹿之介はおもわず刀の柄を手放した。暗四郎は鹿之介の剣

を自らの身体でくわえ取り、後《ご》の先《せん》を取った。

武器を失った鹿之介に、絶対の自信を持った暗四郎が、仕留めの太刀を振るおうとした。

だが、暗四郎は重大な誤算を犯していた。暗四郎の超常の体質が早くも傷口の治癒活動を始めている。破れた血管は塞がり、流血は止まり、傷口を筋肉が埋め立てている。

くわえ取った鹿之介の刀に暗四郎の筋肉が固く巻きついていた。鹿之介を仕留めるはずの後の先を取った剣を、くわえ取った敵の剣が邪魔をして振るえない。

慌てて抜き取ろうとしたが、筋肉はすでに固く巻きついていて抜き取れない。暗四郎は愕然とした。

すでに手裏剣は投げ尽くしている。るいは手にしていた忍者刀を咄嗟に鹿之介に投《ト》擲《ス》した。鹿之介は受け取りざま水平に薙ぎ払った。暗四郎の首は薄皮一枚でつながったまま、胴の前部に吊り下がった。血が噴水のように噴き出し、ようやく消えかけていた、身辺に散乱していた呑海の肉灯籠を消した。

暗四郎は自らの首を胸の前に捧げ持つような姿勢で歩きつづけた。彼の鬼気迫る歩行を、鹿之介が胴体と上皮一枚でつながっている首を切り離して停めた。

仲間をすべて討たれて、一人残った虫刈永伝は、戦意を失ったらしく、刀を捨てた。それは降伏と見せかけた擬態であった。

確かに永伝は武器を捨てた。だが、彼は別の武器を隠し持っていた。刀を地上に捨てた永伝に、孤雲は一拍止めの剣をためらった。無益の殺生はしない主義である。その間隙を衝いて、永伝は口から何かを吐き出した。それは細い数本の紐であった。紐は空間を飛びながら輪となって孤雲の首に巻きつこうとした。孤雲だけではなく、鹿之介と立ち上がったるいの首に巻きつきかけた。

彼らに油断はなかった。首に巻きつく瞬前、切り払った輪はばらばらになって、地上に落ちた。紐と見えたのは細い蛇であった。たぶん毒蛇であろう。永伝は体内に蛇を飼っていた。

永伝は武器をすべて使い果たした。忍者が武器を失えば、ただの人間である。体内に飼っていた獰猛《どうもう》な蛇をすべて失った永伝は、今日の艦載機を喪失した航空母艦と同じである。本体自身はなんの戦力も持たない容器にすぎない。

歩み寄った孤雲が剣尖を揮《ふる》った。永伝の利き腕の手首が切断され、地上に落ちて弾んだ。

「去れ。無益な殺生は好まぬ。次は蛙でも飼って余生を過ごすがよい」

孤雲に剣尖で小突かれた永伝は、蹌踉《そうろう》たる足取りで逃げ去った。

「兄君、ご無事でおわしますか」

るいが孤雲の目も憚らず、鹿之介に抱きついた。

「大事ない。それより、そなたは……」

鹿之介はるいの無事を確かめるように強く抱き返した。

「兄君、ご身分をわきまえなさいませ。闇法師の頭目と一騎討ちで渡り合うなど、山羽家ご後嗣のなされ方ではありませぬ」

るいは鹿之介に抱きついた手を緩めぬままに言った。

「早速小言か。許せ。それにしても恐ろしいやつ。わしの刀を身体でくわえ取った」

「おのずとくわえ取らせたのではありませぬか」

「るい、見ておったのか」

「見ておらずともわかります。わざと太刀をくわえ取らせ、暗四郎の肉が巻きつくのを測っておられたのでしょう」

「いつもながら恐ろしい女御《おなご》よのう。手の内を見透かされておったか」

「暗四郎に見透かされれば、兄君のお命はございませぬ」

「案ずるな。わしにはるいがついているではないか」

「兄君……」

（私は万能ではありませぬ）

と言おうとしたるいの唇を、鹿之介の口が塞いだ。るいの全身が火のように熱くなった。


物心ついたころから兄として慕い、父や祖父の孤雲から、主君として仕え、一身を賭して護衛するようにと命じられてから、るいは鹿之介に命を捧げていた。兄として敬慕し、主君として献身することがるいの使命であったが、異性としての慕情にこのように熱く応えてもらったことはない。るいは、この一瞬のために生まれてきたような気がした。孤雲は見て見ぬふりをしている。

ここに闇法師は事実上壊滅した。なお一丁字右近と針ケ谷鳥雲の動向が不明であるが、総力を結集したはずのこの度の仕掛けに両名の不参加は、前回の戦いの損傷《ダメージ》が深刻であることを物語っている。

孤雲は、両名が回復したとしても、もはや恐るるに足りぬと判断した。

だが、さすがは闇法師。彼らの一人も生け捕りにはできなかった。おおよその察しはつけられたものの、その雇い主を確かめるまでには至らなかった。もっとも彼らを生け捕りにしても、口は割らなかったであろう。ともあれ榊はその強力な秘密兵器を一挙に喪失したのである。

孤雲は闇法師一味の死骸三体を、立石藩上邸の門前に運んで放置した。早朝、門番から報告を受けた用人は仰天した。いずれも首や身体の一部を一刀のもとに斬り落とされた無惨な死体が三体、門前に転がっている。さらに身体の破片や肉片が散乱していた。

死体が発見されたときは、早朝ではあったが、すでに物見高い弥次馬が門前に集まっていた。門前の騒がしい気配に、門番が顔を出し、仰天して用人に報告してきたのである。いたずらにしては度を超えている。立石家に怨みを含む者の報復行動と考えられるが、門前の死体は、立石家中とは関わりない。

用人から報告を受けた家良は、自ら死体を検分した。家良と共に検分した螺旋永眠が、そのうちの一体を闇法師の頭目・本陣暗四郎と判定した。

「まだ対面したことはござらぬが、尋常ならぬ面構え。この者、本陣暗四郎に相違ございませぬ。恐るべき超常の忍者。これほどの者を一刀のもとにそっくり斬り落とした手並みは尋常ではござらぬ。しかも三体、いずれも配下の闇法師にございましょう。斬り口は異なってござる。これほどの手並みを揃えるとなると、江戸広しといえども……」

永眠は家良の顔色を探った。永眠の表情が心当たりがあるはずだと言っている。

「……まさか」

「左様。山羽鹿之介とその女忍、および熊谷孤雲にござる。鹿之介一味の仕業でなければ、闇法師を斬れるのは我が螺旋八剣のみにござる」

「きゃつらが闇法師を斬ったのであれば、なにゆえ当家の門前に死体を放置したぞ」

「申すまでもございませぬ。当家に疑いを振り向けるためでございます」

「なんのために疑いを振り向ける……」

「闇法師の黒幕は榊意忠にございましょう。闇法師を斬り、我らの仕業と見せかければ、榊の怨みは当家に向けられます。それが狙いでございましょう」

螺旋永眠の進言に基づき、ともあれ門前の死体を邸内に引き込んだ。家中の者には固く箝口令《かんこうれい》を布いた。だが、すでに蝟集した弥次馬に死体を見られている。

面目の戦機

立石藩邸門前に大量の死体が転がっていたという噂は、逸速く榊意忠の耳に入った。目撃した弥次馬たちは、死体の素性を知らないが、意忠にはピンときた。

噂の揉み消しを指示した本陣暗四郎以下、闇法師の消息が絶えている。その後、なんの報告も届いていない。彼らの行方に不吉な予感をおぼえ始めていた矢先、立石藩邸門前の大量死体の噂である。

噂によれば死体は三体。闇法師八陣中、神馬天心は死に、一丁字右近と針ケ谷鳥雲と虫刈永伝は手負って戦列から離れている。

だが、なぜ立石藩邸門前に彼らの死体が放置されていたのか。立石家良の仕業と見せかけるためであろうが、もし彼が下手人であれば、私邸門前に自ら斬った死体を放置するはずがない。

闇法師の仕掛けを外した噂の工作人が、立石藩邸門前に死体を移動したにちがいない。そんな姑息《こそく》な偽装に騙される意忠ではないが、立石家に目を向けることは確かである。また、噂の工作人は立石藩にも含むところがあるのであろう。

立石家良と意忠を向かい合わせて利を得る者は……山羽鹿之介以外にはない。意忠はすでに噂の源が鹿之介と見当をつけている。

鹿之介と板倉隼人正は通じている。板倉を護ることは、鹿之介と、彼が背負う山羽三十二万石の安全保障にもつながるのである。

「鹿之介め、やりおったな」

意忠は下唇を嚙みしめた。

山羽家を乗っ取るつもりであった意忠が、逆にその後嗣・鹿之介に追い落とされかけている。意忠は改めて鹿之介の実力と、自分の深刻な立場を悟った。

当初、歯牙にもかけていなかった鹿之介が、いまや山羽三十二万石の後嗣として、最強の政敵・板倉隼人正と結んでいる。隼人正は将軍の内意を受けている。

それに対して、意忠は大老として幕閣第一等の権勢を張っているようには見えるが、その私兵・闇法師を失った。依然として権力は握っているが、戦力はない。戦力なき権力は脆いことを、意忠は経験から知っている。その権力も将軍の傘の下にあってこそである。

また立石家良は、螺旋永眠率いる五剣を擁して健在であり、さらに大奥の主流派であるおもんの方は明らかに意忠の敵性である。意忠は自らの権力構造が劣化《れっか》している事実を認めないわけにはいかなくなった。彼は権力の立て直しを痛感した。それも焦眉の急の問題である。


闇法師の門前死体放置人を山羽鹿之介と推測した螺旋永眠は、

「このことは当家に対する鹿之介の果たし状とおもいます。鹿之介がいよいよ殿に鉾先を向けてござる。必ずや近日中に推参仕りましょう。くれぐれもご用心が肝要と存ずる」

と忠告した。

だが、四六時中、藩邸の奥に逼塞しているわけにはいかない。痩せても枯れても立石家の当主である限りは、月二度の登城の義務もあるし、藩務や、社交上の外出もしなければならない。

このころ弘中丹後守は容易ならざる情報をつかんだ。

大奥女中の性の慰安所になっていた延命寺の真相を明らかにすべく、その関係者の追及をつづけていた丹後守は、その侍僧の一人から、当代将軍ご生母・香源院（お信乃の方）の寵信を集めていた隆元が、時折、延命寺に来て、寺の奥殿の貴賓室でおもんの方と忍び会っていたというのである。

当初、その女性はお高祖頭巾《こそ》に顔を包み、住職・玄海に恭しく奥殿に案内されていたが、あるとき渡り廊下で頭巾を風にさらわれ、顔を覗かせた。そのとき庭の外れにいた侍僧が、その高貴の女性の顔を覗いてしまった。侍僧は金福教本山に使いした際、たまたま香源院が来山中で、同行していたおもんの方の顔を知っていた。

侍僧は、隆元が奥殿の貴賓室で忍び会っている高貴の女性はおもんの方であると確信したという。

弘中丹後守からこの情報を報告された板倉隼人正は驚愕した。おもんの方とおぼしき女性が、延命寺に微行していた時期は、ご世子の懐妊とほぼ符合している。もしその情報が事実であれば、世子の血脈が疑われてしまう。

事実か否か、確認する必要はない。血脈にいささかの疑惑があるだけで、世子の資格を欠く。連綿たる将軍家の血脈に邪僧の疑わしい血を導入することは、断じて阻止しなければならない。

隼人正は上様にこのことを報告すべきかどうか迷った。上様はおもんの方を糾明するであろう。上様の心はおりつの方に傾いている。おもんの方が隆元と密会をしていた事実を知れば、容赦しないであろう。

だが、おもんの方には将軍生母の香源院がついている。マザコンの上様は香源院に頭が上がらない。

結局、疑惑はうやむやにされてしまうであろう。ここは隼人正レベルでおもんの方を取り除くべきであると判断した。

そのためには、隆元の自供が欲しい。隆元は香源院の寵信を失い、信者の数も激減して、往年の教勢はなく、金福寺に逼塞している。だが、隆元が易々とそんなことを自供するはずがない。

隼人正は弘中丹後守に諮《はか》った。延命寺の侍僧・丹念《たんねん》の証言によれば、初島一味の摘発以後、おもんの方は自粛しているが、現在も隆元との関係はつづいていて、時折、金福教の支寺で忍び会っているという。

「おもんの方と隆元の現場を押さえるに如《し》かずでござるな」

丹後守は、まさに隼人正が考えていることを言い当てた。

密通の証として、現場に勝るものはない。板倉の本能寺の敵はおもんの方一人ではなく、大奥そのものの粛清である。現場を押さえられ、世子の血そのものに疑惑ありと自ら実証してしまえば、おもんの方は身を退かざるを得なくなる。

おもんの方に代わるべきおりつの方には子供はいない。おりつの方に懐妊の可能性があるとしても、まだ先の話である。おもんの方が失脚すれば、榊意忠は大奥そのものを失ってしまう。

隼人正は丹後守と密議を凝らした結果、おもんの方と隆元の密会を待つことにした。

おもんの方は二十七歳、当代の寵愛をおりつの方に奪われて、その成熟した肉体を悶々として火照《ほて》らせている。初島事件の影響を受けて自粛しているが、熟れた体はいつまでも我慢できるはずがない。そのうちに必ず隆元と連絡《つなぎ》をつけて密会するにちがいない。

丹後守は丹念に隆元の動きを厳重に見張り、その動静を報告するようにと申しつけた。

「其方次第によっては、金福教の存続を認め、其方を隆元に替えてもよいぞ」

と丹後守から言われて、丹念は忠誠を誓った。


隆元の失勢によって金福教の教勢はだいぶ衰えたとはいえ、ご府内および近郊に支寺を擁し、依然として多数の信者が残っている。延命寺はその支寺の一つである。根岸にある金輪院も金福教の支寺である。丹念より、この月末、隆元が金輪院に巡行と称する支寺出講の予定という連絡が入った。

同時に、大奥に通してある情報網《パイプ》から、同日、おもんの方の墓参予定が確かめられた。将軍家行事の墓参にかこつけて、隆元との密会に臨むことは確実である。おそらく墓参先には空駕籠を送りつけ、本人は金輪院に直行するにちがいない。金輪院は墓参先の上野・寛永寺と目と鼻の先にある。

当代のご生母・香源院の後ろ楯を頼んでのおもんの方の驕りである。

墓参当日、板倉隼人正は寺社奉行と町奉行に申しつけて、金輪院に待ち伏せさせた。

初島の轍を踏むことに気づかず、おもんの方は貴婦人用の駕籠を連ねて堂々と金輪院に乗り込んで来た。さすがに一部の空駕籠は本来の目的地、寛永寺に送りつけている。

隆元はすでに金輪院に先着して、おもんの方の着到を首を長くして待っていた。隆元の目的は色欲よりも、おもんの方にすがって香源院に口添えしてもらい、失地の回復にある。


おもんの方墓参は、隼人正から高坂庄内を介して鹿之介に伝えられていた。鹿之介はるいを呼び、

「おもんの方の偽装墓参には、必ずや無嗅衆が随行して来るにちがいない。無嗅衆が阻止すれば、両奉行所の捕り方がおもんの方と隆元の現場を押さえることは難しくなる。町奉行所に鯨井半蔵という心利きたる与力がいる。お主はこの者を護衛して、現場を押さえてくれ」

と命じた。

「無嗅衆は七、八名おります。いずれも手練の忍者揃《くノ一》い。私一人の手には余ります」

「鯨井半蔵は奉行所切っての遣い手だ。わしも行く」

「兄君がお越しになるのであれば、私は行きませぬ。たとえ兄君のご命令であろうと、

絶対に」

「なぜじゃ。大奥は立石家良と手を結んでおる。大奥の粛清は家良の急所を抉る」

「ご軽率です。三十二万石ご後嗣のなされ方ではございませぬ」

二人で協力して闇法師を撃滅した後、おもわず唇を合わせた興奮はすでに消え失せ、二人の間に依然として主従としての距離が保たれていた。

「まだ三十二万石、背負ってはおらぬ」

「詭弁にございます。すでに背負ったも同然。兄君が背負わなければ、次代にだれが背負いますか。兄君お一人の御身ではないと、何度申し上げましたか」

「わかっておる。耳にたこができたわ」

「ならばなぜ、左様なご軽率を直されませぬか。おれんさんや長屋衆の仇は私がきっと報じます。大奥の粛清にまで兄君が手を貸すことはありません」

るいは真情を面に表わして訴えた。

「わしは行かぬ。るいがそれほどに言うのであれば、わしはやめる」

鹿之介はついに折れた。

「それを聞いて安堵いたしました」

るいはほっとしたような表情をした。

「わしの代わりに破水和尚に行ってもらおう。和尚の結界は百万の味方であるぞ」

「兄君が来られれば、兄君を護らなければならなくなります」

「つまり、わしは足手まといというわけか」

「そういうことになりますか」

「るい、くれぐれも心せよ。敵は無嗅衆じゃ。その正体も忍技も定かではない。るいはいかなる敵であっても案ずるには及ばぬが、わしがついておらぬからなあ」

「兄君が私を護ってくださるとおっしゃるのですか」

「いつも護ってきたではないか」

「まあ、そういうことにしておきましょう」

るいの華やかな表情にようやく主従の間に男女の柔らかい風が通ったように感じられた。


久しぶりの逢瀬に、おもんの方は身体を熱くしていた。城を出て金輪院に向かう途上の駕籠の中でも、おもんの方は火照る身体を抑えかねていた。

大奥では成熟した体をほとんどお褥ご辞退同然に放置され、耐えかねた体芯の疼きを騙すために懐紙を秘所に詰めたものである。

金輪院の侍僧たちに恭しく迎えられたおもんの方は、隆元の待つ奥殿の秘密部屋に、侍僧によって案内された。秘密部屋への廊下がもどかしいほど長く感じられる。もうすぐに隆元に会えるとおもうと、おもんの方は初恋の少女のように胸がときめいた。これから隆元と共に過ごすべき濃厚な時間が、大奥での単調な生活に耐える燃料となる。

金輪院から少し距離をおいて待ち伏せしていた両奉行所の捕り方は、おもんの方が奥殿に入り、時を測って一斉になだれ込んだ。

まず寺社奉行の捕り方が大門に入り、町方がこれにつづく。

だが、彼らは大門からはね返された。

「無礼者。この場所をなんと心得る。畏れ多くもご当代ご生母・香源院様のご尊崇なされる金福教の支院なるぞ。不浄役人どもの立ち入る場所ではないわ。下がれ。下がりおろう」

大門に立ちはだかった四名の若い奥女中たちが、捕り方たちをはね返した。吹く風にも耐えぬような手弱女《たおやめ》の風情の奥女中たちが、いずれも恐るべき遣い手らしく、捕り方たちが大門から一歩も奥に入れない。

「女を相手になにを遊んでおるか。一気に押し破れ」

自ら出役した寺社奉行・弘中丹後守は馬上から督励したが、大門の阻止線を破れない。尋常《ただ》の奥女中ではないことに、捕り方たちはようやく気がついた。

捕り方たちが大門に釘づけにされている間に、奥殿の秘密部屋では隆元とおもんの方が久しぶりに情を交わしているであろう。大門の気配は幸い、最奥にある秘密部屋に届かないはずであるが、両奉行所の手入れと知れば、情交を中断しておもんの方が退去してしまうであろう。

大門で手間取ってはならない。弘中丹後守は焦った。速戦即決、時間をかければ千載一遇の機会を逸してしまう。

そのとき大門を横目にして、るいと破水と鯨井半蔵は塀を乗り越え、境内にすでに侵入していた。

丹念から奥殿の秘密部屋の在り処は聞き出してある。金輪院は金福教の主要な支寺であり、境内は広大である。大門の奥に山門があり、仏殿を中心に回廊をめぐらし、講堂や、鐘楼や、僧堂などの建物が各所に布置されている。

隆元が失勢したとはいえ、金福教の教勢は依然として盛んであり、その豊かな資力を示すように、境内各建物は豪壮である。僧房の内部は多数の小部屋に区切られ、ここが僧の宿所と同時に、色僧が女どもを接遇する場所になる。ＶＩＰ女性をもてなす秘密部屋は、仏殿院の奥にある。

随行して来た女中たちは、すでに僧房の小部屋に案内されている。境内各建物の配置は複雑であり、侍僧でも迷うことがあるそうである。

仏殿院の前に開く山門を入ろうとした三人は、

「何者。聖域を徘徊する胡乱《うろん》な者ども」

突然誰何され、手裏剣を射込まれた。

るいは飛来する手裏剣を一瞬の間に斬り払った。

「お出迎え、ご苦労」

「ここは私に任せて。鯨井さんと和尚は現場を押さえて」

るいは手裏剣が飛来した源に手裏剣を射返しながら二人に言った。

阻止陣をるいに任せて奥に踏み込もうとした鯨井と破水の前に、火の壁が立った。

二人はおもわずたたらを踏んだ。

「幻よ。そのまま走って」

後方からるいの声と共に、白い礫《つぶて》が飛んできた。礫は火の壁に当たり、地上に落ちて飛沫となって散った。白い礫と見えたのは、水を孕んだ袋であった。るいが放った水袋によって火の壁は消えた。

「さすがは聞こえた女忍。やるわね。無嗅衆寝刃、まいるぞ」

「おまち見参」

二人の女忍が名乗って、突如、雪が舞った。雪と見たのは灰であった。るいは瞬時に、その灰が催涙性の微粒子であることを悟った。目に入れば涙で視野が霞み、吸い込めば激しく咳き込む。

本能的に危険を察知したるいは、

「和尚、結界を」

と無嗅衆の阻止線を躱して走り行く破水の背に呼びかけた。振り返った破水は、るいが投げた言葉の意味を咄嗟に了解した。

たたらを踏んで立ち止まった破水は、印を結んで精神を集中した。際どいところで毒灰は遮断された。破水の結界は敵性の者を遮断し、味方は武器を含めて通す。

その間隙を逃さず、るいの手許からくの字返しが投げられた。くの字返しは毒灰の源に位置する無嗅衆二人を薙いで、旋回した。毒灰に血煙が混じって、るいの手許に返ってきた。

この間も鯨井半蔵は奥の方角に向かって走りつづけている。あっという間に武器を無力化されて、無嗅衆はうろたえたらしい。仲間の主力は大門で多数の捕り方を阻止している。半蔵を追跡したくとも、おそるべきるいと破水が向かい合っている。攻守逆転した。

破水の結界によって、二人の無嗅衆は自ら放った毒灰の中に閉じ込められた。目は涙に曇って視力を失い、激しく咳き込んで呼吸困難に陥った。

辛うじて結界から逃れた一人の無嗅衆と、るいが向かい合った。彼女がどんな術を隠しているか不明であるが、あっという間に二人の同僚を無力化されて、三人目の無嗅衆はうろたえていた。

るいのくの字返しが走った。だが、旋回して戻ってくるはずのくの字返しが返ってこない。返ってこないだけではなく、空間に消えてしまった。るいにとって初めての経験であった。

「こんな玩具《おもちゃ》は、子供に使え」

三人目の無嗅衆がにやりと笑った。なんと彼女は飛来したるいのくの字返しを素手で宙につかみ取っていた。つかみ取りながら、自らの意思を加えて投げ返してきたのである。

忠実にるいの許に返ってくるべき武器は、おそるべき敵性と化して、るいを狙ってきた。くの字返しの射線上にるいと半蔵がいる。へたに手を触れれば、るいが寸断されてしまう。

この無嗅衆は敵の武器を即時に自家薬籠中の物として逆用する術を心得ているらしい。

「和尚、結界を外せ」

るいは叫んだ。破水は瞬時にるいの意図を了解した。

結界を外せば、せっかく遮断した毒灰にさらされるが、わずかな時間であれば耐えられる。

破水が外した結界内の危険領域に飛び込んだるいは、毒灰で視力を失っている二人の無嗅衆を楯に取った。そこにくの字返しが飛来した。るいの敵性と化したくの字返しは、人楯となった二人の無嗅衆になんの緩衝もなく襲いかかった。

るいの武器を逆用した鶉は、まさにその武器が敵性と化して、一種の同士討ちを果たした結果に愕然となったが、彼女の手を離れたくの字返しの射線を変えることができない。おまちと寝刃は鶉の意のままに逆用されたくの字返しを身体に受けて、血煙を噴いた。

「子供は危険な玩具で遊んではいけない」

るいはにやりと笑うと、茫然として立ち尽くした鶉に向かって、手を一閃した。風向きが変わった。破水の結界によって束の間遮断されていた空気の流れが、るいの手の動きによって誘導され、鶉に向かって吹いた。鶉はおまちと寝刃が振り撒いた毒灰にさらされた。これを逆用する余裕はない。

そこに半蔵が殺到した。迎撃する間もなく、半蔵の抜き打ちを浴びて、鶉はきりきり舞いをしながら倒れた。

無嗅衆はまだ数人残っているはずであるが、山門の阻止線から動けない。

「鯨井さん、いまのうちです。おもんの方を押さえて」

「承知」

すでに秘密部屋の所在は丹念から聞いている。親衛隊の三忍の無嗅衆の抵抗を取り除いたるいと半蔵、および破水は中門内奥殿に踏み込んだ。

秘密部屋ではおもんの方と隆元が、共食いをする獣のように貪り合っていた。無嗅衆の厚い護衛に護られて、二人は安心しきっていた。まさか金輪院の奥深く、無嗅衆によって絶対の安全を保障されているはずの秘密部屋に、奉行所の不浄役人が踏み込んで来るはずはないと信じている。

当代のご生母の庇護を受け、また自分自身、世子のお腹様（生母）として大奥第一等の権勢を張っているおもんの方の聖域を侵す者があろうとは、夢にもおもっていない。大奥での禁欲に渇ききっている熟れた女体を、隆元のたくましい雄のスタミナによって癒そうとしている。どちらも熟れていた。まさに渇ききった女体が、ジュッと音を立てて隆元を吸い込んでいるようであった。

二人は床からはみ出し、のたうちながら飽くことなく交わった。この濃密な時間が過ぎ去れば、次はいつありつけるかわからない飢餓に備えて、食い溜めをするかのように交わりつづけた。

そこにるいと半蔵と破水が踏み込んで来たのである。おもんの方も隆元も、突如、三人の闖入者《ちんにゅうしゃ》に、目の錯覚かとおもった。

「我らは寺社奉行・弘中丹後守様の意を受けた者である。売僧《まいす》隆元、法体《ほったい》にありながら白昼より仏院の奥に女性を引き入れ、痴戯に耽り、破廉恥を極めたる振る舞い、不埒千万である。立ちませい」

鯨井半蔵に蛮声をあげられて、隆元は腰を抜かした。

「控えよ。このお方をどなたと心得る。ご世子のご生母おもんの方様にあらせられる。不浄役人の踏み込むところではない。下がりおろう」

騒ぎを聞きつけたおもんの方つきの局が必死に声を励ましたが、

「笑わせるな。ご世子のご生母ともあろうお方が、白昼、仏院の奥で売僧と痴戯に耽るか。おもんの方様が左様な淫らな振る舞いに走ってみよ。ご世子の御血脈すら疑われるではないか。察するに、おもんの方様のお名前を騙《かた》る女狐であろう。ご世子ご生母の御名を騙ったとあれば、ますますもって見逃せぬ。神妙にせよ」

と半蔵に言われて、おもんの方自身と局も事態の深刻なことを悟った。

隆元とおもんの方の密通の現場を押さえられては、ご世子の身分すら揺れてくる。

おもんの方の勢力基盤である世子が疑われれば、彼女の大奥における勢力は一朝にして崩壊する。最後の頼みの綱は無嗅衆が駆けつけて、この闖入者を闇から闇に葬ってくれることである。だが、万全の警備陣《セキュリティ》と信託していた無嗅衆の気配もない。

弘中丹後守は大奥を目の敵にしている老中・板倉隼人正と気脈を通じている。寺社奉行の意を受けた町方が、おもんの方と隆元の密会の場所に待ち伏せしていたとなると、これは尋常の備えではない。おもんの方は絶望で、目の前が暗くなった。

大門には寺社奉行と町奉行の捕り方が犇いていた。そこにおもんの方と隆元、および侍僧の特別接遇を受けていた奥女中の一行が一網打尽にされて引き立てられて来た。さすがの無嗅衆も阻止線を破られ、おもんの方を押さえられては手出しができなくなった。

おもんの方と隆元密通現場の検挙は、幕閣に強烈な衝撃波となって走った。ご世子生母の不貞の現場を押さえられては、世子そのものの出生が疑われる。前回、初島事件の際、板倉隼人正がひとまず追及を中止した。

だが、板倉の追及中折に対して、大奥は刺客をもって報いた。このことが隼人正の姿勢を一気に硬化させた。

初島事件摘発の際、幕府の生命の根幹に関わることを危惧して追及を打ち切ったが、その出生に一抹の疑惑でもある者を徳川家の世子に据えることはできない。それこそ徳川家累代血脈の根幹に関わることである。

折しもおりつの方に懐胎の兆しがあるという情報が耳に入ったことも、隼人正の覚悟を促した。

邪僧・隆元と通じているおもんの方を決して放置してはならない。この際、隼人正の政治生命を賭しても、おもんの方を退けなければならない。

最初の衝撃から冷めた幕閣は、急遽、善後処理を協議した。これまで累代将軍の世子について出生が疑われたことはない。将軍の隠し子が証拠のお墨付きと短刀をもって名乗り出で、親子《しんし》の対面を迫った史上名高い「天一坊事件」があるが、それは世子ではない。

まず討議された問題は、上聞に達すべきか否かであった。大老・榊意忠は、おもんの方の不貞が確認されたからといって、世子の出生を疑うのは早計であるから、上聞に達すべきではないという消極的な意見を表明した。

それに対して板倉隼人正は、

「そもそも不貞は、ご世子お腹様にあってはならぬことでござる。まして、不貞の相手方が淫祠《いんし》邪教の教祖として喧《かまびす》しい隆元とあっては、沙汰の限りにござる。おもんの方と隆元の不貞は今日に発したことではなく、ご世子誕生以前よりつづいている模様。世子のご出生について疑われるのは当然の仕儀にござる。ご落胤を他家へご養子に押しつけるのとは訳がちごうてござる。事は連綿たる将軍家ご家系に関わること。この件に関して上様を蚊帳の外に置いて討議することは論外にござる」

と真っ向から対立した。幕閣の大勢も隼人正の意見に傾いていた。

隼人正の意見は正論であった。さすがの意忠も徳川家家系に関わる問題と唱えられては、権勢にかけて押し伏せることはできない。意忠の権勢そのものが揺れかけているのである。

意忠の意見は通らず、事は上聞に達した。幕閣における意忠の初めての敗北である。

だが、将軍はさして驚いた様子も見せなかった。すでに将軍の心はおりつの方にあり、おもんの方から離れている。まして、おりつの方が懐胎の兆しを見せており、男子の出生ともなれば、世子の血脈についての疑惑は、将軍にとって勿怪《もっけ》の幸いというべきであろう。

将軍の寵愛を失ったおもんの方は、すでに陸《おか》に上がった河童《かっぱ》のようなものである。一方、隆元は将軍生母の寵信を失っている。

ここにおもんの方の運命は決した。おもんの方の腹心・初島の醜聞がまだ冷めやらぬ時期、おもんの方自ら馬脚を現わした形の不貞は、彼女の命取りになった。

おもんの方は一朝にして大奥における権勢を失った。大奥からの追放を免れたのは、将軍の憐憫《れんびん》からである。おもんの方に代わって、おりつの方が台頭した。大奥の勢力分布は一気に塗り替えられた。

隆元は当座、金輪院に押し込められている。正式の処分が発表されないのは、当代が香源院に気を遣っているからであろう。

板倉隼人正の年来の悲願であった大奥の粛清は果たされた。大奥そのものがなくなったわけではなく、新たな勢力としておりつの方が台頭しているが、腐敗するほど爛熟していない。大奥の膿は一応排出されたのである。

おもんの方の失脚は、榊意忠の権勢に如実に響いてくる。当代から世子取り消しの正式な仰せ出だしはまだないが、その出生に疑惑が持たれただけで、生母自ら世子ご辞退を願い出るのが妥当とされている。その場合、幕閣から世子ご辞退をおもんの方に勧告することになるであろう。

勧告は意忠の役目となる。おもんの方を当代に強く推挙した意忠としては、最も辛い役目となる。だが、意忠が勧告を渋れば、板倉隼人正がその役を代わるであろう。それをさせれば、隼人正の権勢はますます強くなってしまう。どんなに辛い役目であっても、意忠としてはこれを他人に譲るわけにはいかない。

大奥の粛清は、立石家良にも深刻な影響をあたえていた。家良が勝手気儘《きまま》な振る舞いができたのも、おもんの方、ひいては香源院の援庇があったからである。これを一挙に失ったことは家良の今後に重大な影響をあたえるであろう。家良はいまや自分が孤立無援となったことを悟った。

「すべては山羽鹿之介の画策である」

家良は大奥粛清の立役者となった板倉隼人正の背後に、山羽鹿之介の影を感じ取った。

これは鹿之介の復讐である。一見、大奥粛清の形を取っているが、大奥は家良の〝生家〟といってよい。家良は先代将軍寵妾の腹から生まれた。大奥の粛清は家良にとって、その生家を失うに等しい。

家良は、呼び寄せた通い枕の腹を面白半分に抉《えぐ》り取り、金を詰めて長屋に送り返したツケが、このような形でまわされてこようとは夢にもおもっていなかった。あの通い枕が山羽鹿之介の外臣であるという知識も、後から得たものである。

たかが一人の通い枕を虫のようになぶり殺したところで、大海に消えた泡粒のようなものとおもっていたが、このような凄まじい報復を受けるとは、およそ家良の考え及ばぬことであった。通い枕が鹿之介の外臣ということ自体が、家良の理解の外にある。

徳川の中央集権下にあって、外臣という編制はない。三十二万石、大身の後継者が市井の長屋の住人を外臣にしており、その外臣を殺されたことを怨んで、ついに徳川家の血流の源ともいうべき大奥まで剔抉《てっけつ》してしまった。

家良一人ではなく、徳川家家史を通して信じられないことが起きている。家良に刺客を差し向けてきた当代将軍ですら、大奥を剔抉し、ご世子ご辞退にまで追いつめた黒幕が山羽鹿之介であることに気がついていない。

家良はおもんの方の失脚によって、初めて自分の真の敵が山羽鹿之介であることを知った。敵は当代でもなければ、榊意忠や板倉隼人正でもない。山羽鹿之介ただ一人である。

しかも、鹿之介はまだ報復の目的を達していない。大奥の剔抉も、おもんの方や隆元の失権も、鹿之介の真の目的ではない。彼は通い枕を面白半分に殺害した家良を葬るまでは、決してその追及の手を緩めないであろう。

すでに鹿之介は家良の天下無敵の護衛陣・螺旋八剣を半身不随にし、榊意忠の秘密兵器・闇法師を事実上壊滅させ、大奥の隠し手兵・無嗅衆を半死半生にしてしまった。これまで人を人ともおもわず、暴虐の限りを尽くしてきた家良は、初めて真の恐怖に慄《ふる》えた。

ある日、肩を叩かれ、後ろを振り返ると、そこに鹿之介がうっそりと立っているような気がする。

こうなれば最後の手段である。鹿之介に肩を叩かれる前に、我が方から彼を仕留める。それ以外にない。

家良は早速螺旋永眠を呼び、山羽鹿之介を討てと命じた。

「手段は問わぬ。鹿之介を討て。すべての元凶は彼である。きゃつは幸いにして腰が軽い。山羽家後嗣としての自覚に欠ける。藩邸の奥に閑座することなく、市中を気の向くままに歩きまわっておる。そこを狙って討て」

「その仰せ出だし、待ちかねてござった。もとより山羽鹿之介、尋常の者にあらず。また女忍《くノ一》、熊谷孤雲は超常の忍者と剣客にござる。我が方も一度ならず苦杯を喫しておりますが、いずれは決着をつけねばならぬ相手と期するところがござった。螺旋八剣の面目にかけても、山羽鹿之介を仕留めてご覧に供しまする」

永眠は請け負った。

永眠にしてみれば、家良とは異なる八剣の面目のために、鹿之介と雌雄を決するのである。彼我双方にとって戦機が熟していた。

危険な縁談

一方、鹿之介は事件の結果を分析していた。

「もはやおもんの方の出る幕はあるまい。世子もご辞退となるであろう。隆元は軽くて配流、へたをすれば死罪を仰せつけられるであろう。榊意忠もこれまでのように幕政を壟断《ろうだん》できなくなる。板倉殿の発言力はご当代の信任を得て増す一方である。榊と板倉殿の幕閣における力関係は逆転しつつある。いよいよ家良に止めを刺すときがきたようだな」

鹿之介はるいに言った。

彼にしてみれば、大奥粛清に手を貸したのも、家良を仕留めるための前提であった。たとえ家良の排除が将軍の御意に適《かな》っているとしても、幕府の養子押しつけ政策に違背することは確かである。板倉に手を貸し、大奥粛清に一役演じたのは、家良を取り除くための保険であった。

鹿之介にしてみれば、おれんの仇討ちという動機はあっても、山羽家の後嗣として隣藩の当主である家良はうるさい存在となる。これを後嗣の期間中に取り除いてしまえば、後顧の憂いなく、山羽家の当主に就けるというものである。鹿之介はそこまで計算していた。一介の浪人中は、決して働かなかった演算である。

鹿之介は好むと好まざるとにかかわらず、自分が次第に後嗣の器に改造されていくような気がしていた。これを運命と呼ぶのであろうか。

おそらく家良も鹿之介に対するこれまでの認識を改め、恐るべきライバルとして見直しているであろう。鹿之介が動かずとも、家良は来る。いまや家良にとって鹿之介はその進路に立ち塞がる強力な障害となった。

幕閣筆頭となった板倉と結び、将軍のおぼえもめでたいはずである。家良としても、鹿之介は山羽藩当主になる以前に葬り去りたい相手であろう。

「兄君、ご推察の通りと存じます。いまや家良は手足を捥《も》がれたようなもの。焦っております。これ以上むしり取られる前に、兄君を狙ってまいりましょう。八剣中、螺旋道場主永眠率いる五剣はまだ健在にございます。八剣には家良とは別の、兄君に対する怨みをたくわえてございます。また榊意忠の出方も気になるところでございます」

るいが言った。

「榊がどう出ると申すか」

「意忠にしてみれば、隆元と大奥の支援を失ったことは、両翼を捥がれたようなもの。失地回復のためになにかを画策しているやもしれませぬ」

「画策とはなにを……」

「まだはっきりと見えませぬが、榊にとっての当面の大敵は板倉様にございます。ただし、榊はすでに闇法師を失い、手兵を持っておりませぬ。しかし、おもんの方の失脚によって意外な兵力が遊んでおります」

「無嗅衆のことか」

「御意。無嗅衆は雇い主を失ってございます」

「つまり、意忠が無嗅衆を新たに召し使うと申すか」

「御意にございます」

「されば、榊が無嗅衆の新たな雇い主となって、なにをする所存ぞ」

「汚い仕事に決まっています。榊が権勢を維持するためには、手を汚さなければならない仕事が山ほどあるでしょう。自分の手を汚したくなければ、だれかの手を汚さなければなりません」

「無嗅衆の手を汚して、しなければならぬ汚い仕事はなにか」

「板倉様、そしてその背後におられる兄君です」

「それでは、榊意忠と立石家良の手を汚すべき仕事は一致するということか」

「そうなりましょう。兄君と板倉様はいまや彼らの天敵のような存在ですから」

「わしにとっても、きゃつらは汚らわしい存在である」

「汚しついでに、もっと手を汚しましょうか」

「るいの手だけを汚させはせぬ」

「これ以上、兄君の手を汚させませぬ。るい、命に代えても兄君を護り奉ります」

「なにを申す。るいあってのわしじゃ。一心同体、同じ運命の船に乗り合わせた仲間じゃ」

「乗り合わせたなんて、いやです。乗り合い船みたいで。兄君と私二人だけの船でなければ……」

「二人だけの船に決まっておるわ」

「いずこに行く船であろうと、行き先は同じにございまする」

「決まっているではないか。そなたと別の行き先などあろうはずがない」

「嬉しい」

るいが鹿之介の胸の中に飛び込んで来た。鹿之介はるいの火照《ほて》った柔らかな身体をしっかりと受け止めて、唇を吸った。

そのとき気配がした。親和性のある気配であったが、せっかくの二人だけの世界に水をさす予感があることを否めない。介入者は孤雲であった。

「じゃらついている場合ではないぞ。どうやら無嗅衆、牛を馬に乗り換えたらしい」

と孤雲は二人の間の熱っぽい雰囲気を察知したかのような表情をして言った。

「牛を馬に……それは祖父上、大奥から榊に乗り換えたということで……」

鹿之介の言葉に、

「知れたことよ。無嗅衆が乗り換えるとすれば、意忠以外にはないわ。意忠め、闇法師を失って、早速その後釜を見つけたわ。どちらにとっても渡りに舟。ただし、我が方にとっては予断を許さぬ雲行きである。無嗅衆も螺旋八剣も、板倉の陰供（黒幕）の素性を察したであろうからのう。つまり、榊、立石家良、香源院や大奥の怨みを集めてしまったやもしれぬ」

孤雲は面を曇らせた。

いずれも鹿之介とるいによって手痛い打撃を受けているが、息の根を止められたわけではない。三方の敵が一種の大同団結をして、鹿之介に鉾《ほこ》を集めてくるとなると、由々しき大事である。迎え撃つ我が方の兵力は、鹿之介を護るるいと孤雲と、庶民の連合である長屋衆である。

榊意忠は潮の流れが微妙に変わりつつある気配を敏感に察知していた。彼が大老である事実は変わりない。幕閣における発言力も特に衰えたようには見えない。

特に板倉隼人正は事件以後、かえって意忠に遠慮しているような気配が感じられる。それが彼の優位性の上に立つ余裕のように見えた。重要案件の閣議において、意忠は多く発言し、板倉は最小限の言葉しか発しないのに、議定はいつの間にか板倉の望む方向に決着している。

意忠は反対したくても、一見、彼の意見を尊重しているような見せかけの決議に異を唱えられない。巧妙なやり方であった。以前であれば、意忠の意に反する議決があったとしても、大奥から援護射撃があった。いまは大奥の援護は望めない。

そのような折、若狭屋から無嗅衆との〝縁談〟を持ちかけられた。おもんの方の失脚により失職した無嗅衆の嫁入り先を探しているという。大奥の秘密兵器・無嗅衆はすでに伝説化している。「絵島生島事件」の際、大奥の摘発が中途半端に終わったのも、無嗅衆の暗躍によるものと噂されている。

そのほか、大奥、特におもんの方にとって不利益、あるいは害を及ぼす虞のあるものの原因不明な死や、不可抗力と見られる事故は、すべて無嗅衆の仕業と取り沙汰されている。

この時期、若狭屋升右衛門が持ちかけた無嗅衆との縁談は、両者にとって渡りに舟であった。まさに鹿之介が見立てた通り、榊意忠にとってはこの上ない廃物利用であり、無嗅衆は失った外人部隊の兵力の補充となった。

問題は榊がこの新兵力をどのように用いるかである。少なくとも鹿之介の味方にはならない危険な兵力である。

意忠と無嗅衆との極秘会見は、若狭屋の向島寮において行なわれた。闇法師との会見と異なり、無嗅衆は若狭屋の女中として最初から姿を現わした。

一見、若狭屋が金に飽かして諸国から集めた選り抜きの美形の女中であった。繚乱と咲き群がる花のように妍《けん》を競う美女たちが、いずれも超常の女忍とはどうしてもおもえない。

意忠は彼女たちを召し集めた目的を、危うく忘れそうになった。このような美しい廃物があるなら、いくらでも召し抱えたいと内心おもったほどである。

対面の座に臨んだのは五名、三名は過日、金輪院で鹿之介の手の女忍との戦いで討たれたと若狭屋から聞いている。

意忠は上機嫌で無嗅衆との会見に臨んだ。

「苦しゅうない。面を上げよ」

面を上げずとも、彼女らの容姿から、その艶色はこぼれ落ちるばかりである。

「志能と申します」

「水月にございます」

「陰湯でございます」

「芙蓉と申します」

「螢火にございます」

彼女らは次々に名乗った。志能が首領であり、一際容色が優れている。

「大儀である。意忠じゃ。見知りおけ」

意忠は鷹揚に言った。ははっと再び平伏する五人に、

「ところで、なにか手土産は持参したか」

と意忠は問いかけた。

「手土産……？」

志能以下五名は顔を見合わせた。意忠がかけた謎の意味が咄嗟にわからなかったようである。

「火急の召しゆえ、ただいまに間に合わずともよいが、手土産、心に含んでおろうのう」

意忠に顔を覗かれて、志能ははっとおもい当たったように、

「もとより殿への手土産、かねてより含みまかりおりまする。ただし、火急のお召しゆえ、今日には間に合いませんでした」

志能が代表して如才なく答えた。

「うむ。さもあろう。大奥に無嗅衆ありと聞こえた其方どもじゃ。その辺にぬかりはあるまい。愉しみに待っておるぞ」

「我らの身をお預けいたしましたならば、なにとぞ心お平らに渡らせますよう」

志能以下五名の女忍は平伏した。

当日の対面は滞りなく終わった。志能以下、窈窕《ようちょう》たる美形揃いであったが、その艶色の底にそれぞれ不気味な迫力があった。それは闇法師にはなかった迫力である。闇法師にはいずれも抜き身を連ねたような凄みがあったが、無嗅衆にはその柔らかな艶

の奥に、なにが潜んでいるかわからない未知の怖さがあった。

超常の女忍が女の謎で包まれている。その謎を解こうとした男は、決して元の場所に帰れないような怖さである。

それにしても闇法師といい、無嗅衆といい、異界のあやかしのような集団と連絡《つなぎ》を持っている若狭屋の人脈の広さに、意忠は改めて驚嘆した。彼の広大な人脈を支える資金の豊かさも、無嗅衆の艶と対抗する不気味さがあった。

意忠は将軍の傘の下に自分の権勢を伸ばしたが、若狭屋は資金力で権勢を購《あがな》おうとしているのかもしれない。将軍の傘を必要としていないだけ、若狭屋の方が構造が丈夫である。


榊意忠と対面した無嗅衆の間に議論が生じていた。榊から謎をかけられた手土産についてである。

「まだなんのお手当をいただいたわけでもないのに、手土産を求めるとは、さすがは名代の賂《まいない》。大老だけのことはあります。されど、我らになんの手土産を求めているのでありましょうか」

まず螢火が言った。

「金品でないことは確かじゃ。大老がいま最も欲しがっているものは、なにか」

志能が一同の表情を探った。束の間、五人がそれぞれの顔色を探り合った。

「板倉様ではありませぬか」

水月が口火を切った。たしかに板倉隼人正は榊意忠の最大の政敵である。おもんの方の命を受けて無嗅衆は一度、板倉を襲っているだけに、水月の言葉に共感した。

「いま板倉様を討てば、大老がその工作人として最初に疑われる。おもんの方様、大奥をしくじってより、板倉様の勢い日増しに強く、これを無理に力で押さえようとすれば、ご大老にとってはかえって不利。むしろ当面は板倉様と手を結び、共栄の路線を歩まれる方が賢明じゃ」

志能が言った。

「されば、立石家良殿でしょうか」

陰湯が示唆した。

「家良殿の暴虐には上様も手を焼いておる。密かに刺客も差し向けたご様子。されど、家良殿はおもんの方様と気脈を通じておられ、おもんの方様しくじりの後は家良殿も自粛しておられる。家良殿を護衛する螺旋八剣も、聞くところによれば闇法師と戦い、その兵力の半数を失った模様。闇法師の背後には大老がおられる。おとなしくなった家良殿をいま討てば、上様としても黙過できなくなるであろう。たとえ家良がほとぼりが冷めるまで猫を被っているとしても、ご大老が急いで家良殿を始末すべき必要性が薄くなっておる」

「すると、大老はなにを土産に求めておるのでしょうか」

芙蓉が問うた。

「わからぬか」

志能が四人の顔を探り返すように見まわした。四人はすぐには答えられない。

「板倉殿を襲ったとき、陰供がおったであろう」

「恐るべき女忍でした。我らの奇襲をまとめて手玉に取った……」

陰湯が悔しげに唇を噛みしめた。陰湯は板倉襲撃時、陰供の女忍によって身体の一部を切損されている。

「あの女忍の素性について見当がついたか」

四人は顔を見合わせて即答しない。いずれも心当たりがあるようであるが、それを口にすることを憚っているようである。

「過日、おもんの方様ご代参のみぎり、我らがお供仕りながら待ち伏せしていた奉行所の手の者を阻止できなかった。そのときも同じ女忍が捕り方についておった。その女忍のためにおもんの方様は失脚し、我らはおまち、鶉、寝刃の三忍を失ってしまった。恐るべき女忍であるが、女忍が一人走りすることはあり得ぬ。主の命を受けて、板倉殿の陰供を務め奉行所に手を貸し、おもんの方様を失脚させたのであろう。それだけではない。闇法師を殲滅《せんめつ》し、螺旋八剣の半数を仕留めたのも、どうやらその女忍らしい。そのような女忍は、江戸広しといえども一人しかおもい当たらぬ」

「すると、吉原で立石家良を襲い、また山羽藩邸に仕掛けた闇法師を撃退したと伝え聞く女忍は、すべて同一人と申されるので……」

四忍が異口同音に問うた。

「そうじゃ。女忍の動くところ、必ず山羽藩次代の鹿之介の影がある。山羽鹿之介と板倉殿は手を握っているやもしれぬとおもんの方様が洩らされたことがあった。鹿之介は市中深川の長屋に、妹と称する女と一時身を寄せていたことがあった。その長屋の住人と共に、花火見物に繰り出したときの江戸中環視の中での武勇伝は、いまでも語り種《ぐさ》になっておる。山羽藩の家督争いから発した騒動であったが、なぜか公儀が手加減を加えて、事の次第を揉み消してしまった。

あの当時より、山羽鹿之介は落葉長屋の住人を外臣と称しておるそうな。その長屋の住人が、その後数人死んでおる。詳しいことは不明だが、山羽藩と立石藩は境界を接した隣り同士で仲がよかったのが、家良が押しつけ養子となってから、両藩の関係が険悪になっていると聞く。

また榊意忠は両藩の仲違《たが》いを理由に、家中の取り締まりよろしからずとして、その取り潰しを虎視眈々と狙っておるそうな。だが、板倉殿と密かに結んでいる気配のある鹿之介に、へたに手は出せない。つまり、鹿之介さえ取り除けば、山羽・立石両藩を取り込みやすくなり、政敵板倉殿は強力な陰供を失う。板倉殿さえ押さえ込めれば、幕閣は大老のもの。いま大老にとって最も欲しい手土産は鹿之介以外にはない」

と志能は分析した。さすが無嗅衆の統領だけあり、秘匿情報や、揉み消された内情によく通じている。配下の無嗅衆も志能の解説を聞いて、意忠がほのめかした土産の意味がわかった。

「されど、山羽三十二万石、次代を手土産にせよとは法外な要求ではございませぬか。

しかも、闇法師を潰し、螺旋八剣を半分に討ち減らし、長屋の花火では逆意方の刺客を悉《ことごと》く返り討ちに仕留めた凄腕の女忍がついている鹿之介を土産にせよとは、阿漕《あこぎ》なご沙汰ではありませぬか」

「我らを試しておるのだ。無嗅衆いかほどのものか。これは我らにとってまたとなき機会じゃ。ご大老のお沙汰がなくとも、鶉、おまち、寝刃の仇は討たねばならぬ。闇法師の後釜としてご大老のお召しを受けたのは勿怪の幸いと申すべきよ。ご大老への手土産にあらず。おまち、鶉、寝刃の墓に供えるのじゃ」

志能は言い放った。

水月、陰湯、芙蓉、螢火の四忍がうなずいた。

深海の未来

大奥の主流派おもんの方の瓦解後の潮の流れを、鹿之介は注意深く見守っていた。すべての伝を動員して情報を集めた。

おもんの方の凋落によって、大奥には大きな空洞が生じている。膿は押し出すべきであるが、患部を取り除いた後、速やかに傷を手当てしなければ、以前の悪いなりに安定していた状況よりも、一種の戦国時代のような収拾のつかない混乱を引き起こしてしまう。

世子を産み、御中臈上座からお年寄り上座となったおもんの方は、大奥に君臨していた。その権勢は並び老中を超え、しばしば表の政《まつりごと》にまでくちばしをはさむほどであった。

おもんの方の推挙によって栄進した者も多く、彼らは当然おもんの方を守る派閥に連なり、彼女の権勢を支えた。

おもんの方の口添えによって栄進、あるいは就役した諸家からは、金銀、および各種品物の贈賄がおもんの方に集まり、彼女の権勢を支える資金源となっていた。

おもんの方の失権により、その派閥に属する者は路頭に迷うことになる。彼らは保身のためにおもんの方に次ぐ勢力に走るか、あるいは派閥を結束して失地の回復を図るか、あるいはおもんの方に代わって自らが彼女の後釜を狙うか、それぞれの動きを示している。

おもんの方に次ぐ者として最も有望な者はおりつの方である。彼女には懐胎のしるしがあり、もし男子を出生すれば、彼女の勢力は飛躍的に拡張する。仮に女子を産んでも、当代の寵愛を独占しているので、今後、おりつの方の成長は疑いない。

だが、おりつの方にはおもんの方のような表向きへの野心はない。そのことも将軍以下、表の方の心証をよくしている。したがっておりつの方を支援してきた榊にとってさしたる戦力にはならない。

鹿之介が最も興味を持っていることは、無嗅衆の行方である。おもんの方が凋落しても、無嗅衆のニーズがなくなったわけではない。大奥の隠密、秘密兵力である無嗅衆は累代、大奥の主流派に養われているが、現在、大奥には主流派はいない。

おりつの方が最も有望であるとはいっても、まだ主流ではない。それに、おりつの方は無嗅衆にまったく関心がなさそうである。板倉としては、おもんの方の剔抉と同時に、その汚い仕事の代行者・無嗅衆も処分したいところである。

だが、無嗅衆は公儀隠密や、江戸城御庭番のように、幕府の編制に正規に組み込まれているわけではない。大奥主流派の私的な資金によって養われ、幕府が黙認してきた外人部隊であった。無嗅衆の存在自体が累代、曖昧模糊としている。それゆえにこそ、大奥が表の政に隠然たる発言力を持てたのである。

大奥にとって無嗅衆は必要悪であった。また幕府の血流を絶やさぬための大奥そのものが、幕府の必要悪なのである。

榊意忠は将軍の傘の下、そして大奥とも密かに結び、幕閣にその勢力を延ばしてきた。雇い主を失い、遊休している大奥の秘密兵力は闇法師を失った榊にとっては、まさに垂涎《すいぜん》の的であろう。

榊はいま焦っている。幕閣第一等の権勢を政敵・板倉隼人正に揺すられ、ご落胤押しつけ養子政策の頓挫によって、将軍の寵任も板倉の方に移りかけている。板倉暗殺未遂元凶の嫌疑もまだ晴れていない。失脚はしていないが、四面楚歌であり、状況は予断を許さない。

いま意忠に打開の道があるとすれば、ただ一つの方位しかない。論理的に意忠の進路を絞り込んでくると、おのずからして鹿之介と向かい合うのである。

意忠が鹿之介を取り除いても、当代将軍からなんの異議も出ない。出ないような構造に幕府がなっている。幕府の押しつけご落胤とは体質がちがうのである。大名・諸家の勢力減殺政策は幕府創設以来の不動のポリシーである。

ましてや、鹿之介は諸大名後嗣の札付きである。再三再四にわたる江戸中の目を集めるような派手な騒動を重ねた張本人として、いつ取り締まられても苦情は言えない。老中・板倉と密かに結び、将軍の内意に適う暗躍をしているとはいえ、いつその逆鱗に触れるかわからない。

少なくとも大老・榊意忠に鹿之介が刈り取られたとしても、将軍や板倉は苦情を言えない立場にある。そこを意忠は自分の血路として衝いてくるであろう。

これまでるいも無嗅衆の行方について警告を発していたが、おもんの方が罠にかかり、失脚して、意忠の進むべき方位が確定的に絞り込まれたのである。

意忠は極秘のうちに無嗅衆と連絡し、密命を授けるであろう。無嗅衆が意忠の密命を実行しても、命令の源はわからない。万一露見したとしても、代行した仕事は幕府のポリシーに沿っている。意忠と無嗅衆は双方にとって、まことに需給の一致する関係位置にあった。

「無嗅衆は必ず来るであろう」

鹿之介はるいに告げた。

「私もそのことを案じておりました。無嗅衆はとうに板倉様の背後に兄君がおられることを察知しておりましょう。となると、私への怨みも含んでおります。いずれも尋常ならざる女忍が、暮らしの糧と無嗅衆の面目をかけて仕掛けてまいりましょう。当分、他出はお控えあそばし、ご身辺の警備を厚くいたしましょう」

「闇法師は藩邸を襲って来たではないか」

「無嗅衆と闇法師ではちがいます。板倉様に仕掛けた例を見ても、勝手不明の他家に討ち込むよりは、警備が薄くなる外出時の仕掛けを選んでおります」

「闇法師とどこがちがうぞ。女忍ならば、むしろ忍び込みを得意とするであろうが」

「常ならば忍び込みましょう。されど、無嗅衆は兄君に私が侍っていることを察知しております。空気のこもる屋内では女のにおいを消しきれませぬ。殿方にはわからぬ女のにおいを、女忍ならば必ず嗅ぎつけます」

「ならば、板倉殿はなぜ外で襲った。板倉殿にそなたが陰供をしていることは、まだ知らなかったはずであろう」

「すでに察知していたやもしれませぬ」

「なんと」

「板倉様より庄内さんを介して隆元を失うよう密命を受けた際、私が長屋衆を率いて隆元の権威を剝ぎ取りました。おそらくそのときの私が無嗅衆の目に触れているともいます。隆元に仕掛けた際、迂闊にも無嗅衆の存在を忘れておりました。忘れたというよりは、意識にありませんでした。省みて、隆元は香源院の寵僧、当然、無嗅衆の存在に目配りすべきでした」

「無嗅衆は板倉殿にそなたが陰供をしていたことを知っていたと申すか」

「陰供を確かめたわけではございますまい。私が無嗅衆を忘れていたように、無嗅衆も板倉様の他出時まで陰供の存在には目を配らなかったかもしれませぬ。しかし、邸内となれば女忍が侍っておるやもしれませぬ。女忍ならずとも、犬や猫がいれば女の忍び込みに気がつきます」

「そうか。そういえば、闇法師の藩邸討ち込みに逸速《いちはや》く気づいたのはこそであったな」

　鹿之介はおもいだしたように言った。

「無嗅衆が私の陰供に気がつかなかったとしても、闇法師が愛宕下に討ち込んだ際、こその感に触れたことは、榊より無嗅衆の耳に伝わっているかもしれませぬ。女忍の急所は女のにおいにございます。闇法師の轍を踏まぬためにも、藩邸での仕掛けは避けるでございましょう」

「わかった。なるべく他出は控えよう。だが、まったく閉じこもっているわけにもいくまい。よんどころない所用が起きたときはどうする」

「私めが一命を賭けてお護りいたします。敵は五名、あるいは以上、和尚や長屋衆の応援も頼めます」

「いつまでも無嗅衆に怯えて、牡蠣《かき》のように邸内に閉じこもっているわけにもいくまい。そうだ。よんどころない所用に加えて、我が方より罠を仕掛けてはどうか」

「無嗅衆に罠を……でございますか」

るいは呆れたような表情をした。罠を口実にして外に出たがっている。

「罠にかかるような無嗅衆ではございませぬ」

るいはたしなめるように言った。

「そうとも限るまい。牡蠣がようやく殻から出てきたのじゃ。待ちくたびれた無嗅衆がそこを衝かぬはずはない」

「罠を仕掛けるには、和尚や長屋衆や、私だけの人数では足りませぬ」

「家中の者を繰り出す。そうじゃ、奉行所にも応援を頼もう」

鹿之介はすでにその気になっているようであった。

「奉行所……」

奉行所の協力はまったく考えていなかった。鹿之介に仕掛ける無嗅衆は、榊意忠の密命を受けているにちがいない。とすれば、奉行所も榊の手先である。

「鯨井半蔵に頼めば、協力してくれるであろう。わしが頼むのではない。頼み人は庄内じゃ。おもんの方の手下でその処罰を怨んで、市中にて不穏な動きありと伝えれば、半蔵は喜んで手を貸してくれるであろう。市中での騒動は、むしろ奉行所が率先して取り締まるべきである」

「奉行所が出役すれば大事になります。無嗅衆は動きますまい」

「半蔵の供だけで充分。無嗅衆はおもんの方を直接引き立てた半蔵に怨みを含んでいるであろう。無嗅衆が半蔵に手を出せば、お上の処置に対する不服申し立てとして、無嗅衆を一網打尽にすべき絶好の口実となる。生き残っている無嗅衆は五人と聞く。るいに和尚、半蔵、わしと長屋衆、これに祖父上が加われば充分すぎる兵力ではないか」

鹿之介の口調には自信があった。

なるほど、言われてみれば、我が方も一騎当千であり、兵力は優勢である。逆に無嗅衆に罠を仕掛けるのはあながち無理ではないと、るいは鹿之介の大胆な提案に傾いてきた。

無嗅衆は大奥の曲事（腐蝕）の代行者である。おもんの方を摘発しても、無嗅衆を放置することは仏つくって魂入れずである。無嗅衆は単なる雇われ忍者ではない。常に大奥の曲事と一体《セット》となっていた。

ここに作戦は成った。これは幕府大老を相手取った戦争である。三十二万石の後嗣が、全国制覇した八百万石と正面対決する総力戦である。ご当代の御意や板倉の保険があるにしても、戦勢の推移によってどう変化するかわからない。江戸の片隅の裏長屋で、るいと共に浪人として終わるつもりだった鹿之介の運命の激変である。その激変にるいと一緒であれば耐えられそうな気がした。戦いに勝った暁、るいと共有すべき運命にどんな未来が開くか。

鹿之介は、いま、負けた場合は考えていなかった。長屋暮らしも楽しかったが、いまおもえば、あそこは浅い海であった。いま鹿之介もるいも深海魚に体質を変えられていた。

「るい、頼むぞ」おもわず愛しさが迫った。

「兄君、抱いて」るいが頬を染めて答えた。

この作品は「ポンツーン」二〇〇八年十一月号から二〇〇九年二月号に連載された「刺客街II」を改題し、書き下ろし部分を加え、加筆・修正したものです。

暗殺《あんさつ》請負人《うけおいにん》

刺客往来《しかくおうらい》

森村誠一《もりむらせいいち》

平成21年3月25日　初版発行

発行者——見城　徹

発行所——株式会社幻冬舎

〒151-0051東京都渋谷区千駄ヶ谷4-9-7

電話　03(5411)6222(営業)

　　　03(5411)6211(編集)

振替00120-8-767643

印刷・製本—図書印刷株式会社

装丁者——高橋雅之

幻冬舎文庫

ISBN978-4-344-41280-4　C0193　　も-2-13